Saphirrot

Sven Rübhagen

Saphirrot
Der Letzte weiße Drache

Bibliografische Informationen der Deutschen Nationalbibliothek Die Deutsche Nationalbibliothek verzeichnet
diese Publikation in der Deutschen Nationalbibliografie,
detaillierte bibliografische Daten sind im Internet über
http//dnb.dnb.de abrufbar.

© 2015 Sven Rübhagen
Herstellung und Verlag
BoD – Book on Demand, Norderstedt

ISBN: 9783738614718

Die schwebende Stadt

»Großer Gott, Meister Lembrix, an welchen Ort habt Ihr mich geschickt?«

Niedergeschlagen und in Gedanken versunken saß Dasgo auf dem staubigen Boden seiner Kammer, die man ihm zugewiesen hatte. Die aufgehende Sonne schickte ihre goldenen Strahlen durch das hochliegende, kleine Fenster, sodass man den Staub in der Luft fliegen sehen konnte. Ein schartiges Schwert, dessen Klinge bereits von rostigen Flecken besetzt war, lag vor ihm auf dem Boden.

Wenn Dasgo an das dachte, was gleich kommen würde, verzog es ihm schmerzhaft das Gesicht. Das Schwert, das hier vor ihm lag, würde ihm kaum behilflich sein!

Nervös stand Dasgo auf und lief in der Kammer auf und ab. Sie war sehr klein und spärlich eingerichtet. Gerademal ein Haufen Stroh in der Ecke diente ihm als Schlafplatz und ein Eimer, in dem er seine Notdurft verrichten konnte, sonst hatte diese Kammer nichts zu bieten.

Dasgo war ein Gefangener!

Er setzte sich auf das Stroh, das nach Schmutz und Schweiß roch, vergrub sein Gesicht in den Händen und wartete auf das Unvermeidliche.

Minath, das war die Stadt, in der er sich seit ein paar Wochen aufhielt.

Minath war eine große Stadt. Die Stadt der Drachenreiter!

Plötzlich musste Dasgo lachen, da er daran dachte, dass er von seinem Meister hierher geschickt worden, um seine Erfahrungen als Drachenreiter zu erweitern.

Dasgo war noch recht jung. Er hatte die zwanzig gerade erst überschritten, doch schon, seit er ein kleiner Junge war, faszinierten ihn Drachen und deren Reiter. Seinen Traum, Drachenreiter zu werden, hatte er sich vor ungefähr einem Jahr erfüllt, als er in der Nähe seines Heimatortes Kalant einem jungen Drachen das Leben gerettet hatte. Kalant war eine Stadt westlich des großen Perlenmeeres, das die gesamte Westseite des Kontinents Aratras beherrschte. Auf dem Wasser hatte Dasgo einen kleinen, weißen Drachen schwimmen sehen und ihn vor dem Ertrinken gerettet.

Bei diesem Gedanken musste Dasgo lächeln.

Er hatte schließlich seinem Lehrmeister Lembrix davon erzählt. Von ihm hatte er viel über Reiter und Drachen erfahren. Er hatte Dasgo die letzten Jahre weiterunterrichtet und sein Drache, den er auf den Namen Dragonit getauft hatte, war ebenfalls gewachsen und reifer geworden. Schließlich hatte sein Lehrmeister ihn nach Minath geschickt, um wirklich unter Drachenreitern zu leben und mehr Fortschritte machen zu können.

Die Stadt Minath war weit von seinem Heimatort Kalant entfernt. Es lag ganz im Osten Aratras und nicht einmal direkt auf dem Kontinent, sondern noch etwas weiter östlich. Jeder, der Minath auch nur aus der Ferne sah und noch nichts vorher von ihr gehört haben sollte, würde seinen Augen nicht trauen. Minath war eine schwebende Stadt, getragen von einer dichten Wolkendecke, die sich in der Nähe der Stadt niemals verzog. Das Faszinierende dabei war, dass es trotzdem immer sonnig war. Minath war nur mithilfe eines Drachen zu erreichen. Einen Pfad oder eine Brücke gab es nicht.

Ein Schmunzeln schlich sich auf Dasgos Gesicht, als ihm sein eigener Gedankenfehler auffiel, denn aus der Ferne war Minath nur sehr undeutlich zu erkennen. Dafür lag sie einfach zu hoch am Himmel.

Dasgo erinnerte sich noch gut daran, wie er nach Minath gekommen war.

Die Reise war sowohl für ihn als auch für Dragonit sehr anstrengend gewesen. Schon vorher waren sie viel geflogen, allerdings hatten sie sich dabei immer in der Nähe von Kalant aufgehalten. Sie hatten fast zwei Tage gebraucht und der Aufstieg war nicht leicht gewesen, da Dragonit, um Minath anzusteuern, sehr hoch fliegen musste. Immer wieder fand es Dasgo faszinierend, wie stark und groß Dragonit bereits war, trotz seines jungen Alters.

Dasgo stand wieder auf und trat dabei dem Eimer um, sodass sich der Inhalt langsam auf dem schmutzigen Boden verteilte.

Kaum waren sie hier angekommen, war sein Drache von den Minath-Drachen verstoßen worden.

Er war zu schwach gewesen, so hatte man ihm später erklärt.

Dragonit hatte sich zwei der Minath-Drachen stellen müssen. Er war unterlegen gewesen und man hatte ihn weggesperrt! Wohin wusste er nicht.

»Und jetzt soll ich dasselbe durchmachen?«, rief er seine Frage laut in den Raum. Natürlich bekam er keine Antwort, denn er war alleine in seiner Kammer. Sein Blick wanderte zu dem Schwert, das noch immer unverändert am Boden lag. Warum war er es nicht würdig ein Drachenreiter zu sein? Dragonit war kein schwacher Drache. Er war sein bester Freund!

Die Einwohner von Minath, und das waren nicht gerade wenige, wussten nicht einmal, was einen wirklichen Drachenreiter ausmachte! Es kam nicht nur alleine auf Stärke und Härte an. Die Drachen in Minath wurden zum Töten gezüchtet. Sie kannten kein Gefühl und eine Verbundenheit zu ihren Reitern erst recht nicht!

Dasgo schüttelte den Kopf. Er war sich nicht einmal sicher, ob Dragonit überhaupt noch lebte. Bei diesem Gedanken zog es ihm schmerzhaft den Bauch zusammen. Dutzende Male hatte er bereits darüber nachgedacht, wie er seinen Drachen befreien könnte. Doch dies erwies sich als praktisch unmöglich. Minath war durchzogen von einem Verlies, das aus der Ferne von den schweren Wolken verborgen gehalten wurde, und wurde von Drachen bewacht. Es war unmöglich, ungesehen dort rein zu kommen.

Minath war eine Stadt von hohem Rang. Jeder Neuankömmling musste eine Prüfung bestehen. Eben diese, in einem Drachenkampf zu bestehen. Gewann er, wurde er zusammen mit seinem Reiter aufgenommen; verlor er, wurden Drache und Reiter getrennt weggesperrt. Und das für unbestimmte Zeit!

So wie Dasgo und Dragonit!

Dasgo wusste, dass er nur auf die Folter wartete. Eine Folter, die mit dem Tod enden würde.

Kaum hatte er diesen Gedanken zu Ende gedacht, öffnete sich eine schwere Gittertür und ein muskulöser Mann mit einem großen Messer am Gürtel betrat Dasgos Kammer.

»Mitkommen!«, befahl er knapp und im übellaunigen Ton.

Widerwillig setzte sich Dasgo in Bewegung, hob allerdings noch das Schwert vom Boden auf.

»In wenigen Minuten beginnt dein Kampf«, sagte der Wächter und stieß ihn hart in den Rücken, als er an ihm vorbeigegangen war, sodass er beinahe zu Boden ging.

Dasgo keuchte schwer, stolperte ein, zwei Schritte und konnte sich gerade noch an der betonierten Wand festhalten aber er blieb stehen.

Der Wächter lachte abfällig. »Wenn du jetzt schon den Boden küsst, wird der Drache in der Arena keinen Spaß mit dir haben.«

Dasgo verkniff sich jeglichen Kommentar und lief wortlos weiter. Im Gehen wog er seine Waffe in der Hand. Nicht dass er dies nicht schon in seiner Kammer oft genug getan hätte, doch es beruhigte ihn etwas.

Der ehemalige Drachenreiter wurde durch einen dunklen Korridor geführt. Links und rechts gewahrte er immer wieder neue Kammern, in denen erschöpfte, schwache Menschen saßen.

Dasgo musste bei dem Anblick nur den Kopf schütteln. Wie konnte man Menschen nur so behandeln?

»Was ist los, drachenloser Drachenreiter? Zu müde, um weiter zu gehen?«

Dasgo hatte gar nicht bemerkt, wie er vor einer Kammer stehengeblieben war. Zur Antwort bekam er noch einen derben Schlag in den Rücken dazu.

Erneut stolperte Dasgo vorwärts. Dieses Mal tat er dem Wächter nicht den Gefallen, um sein Gleichgewicht zu kämpfen, sondern landete auf dem Boden. Was für seinen Begleiter nach Schwäche aussah, war Dasgos volle Absicht!

Kaum schlug Dasgo zu Boden, rollte er über die Schulter ab und riss in derselben Bewegung die Beine in die Höhe. Alles ging so schnell, dass der Wächter einfach in sein hochgestelltes Bein hineinlief und sich gleich darauf krümmte.

»Was sollte das?«, fragte dieser abfällig und suchte mit seinem Augen gehetzt nach Dasgo. Dieser war bereits wieder auf den Füßen und ohne auf seine Frage zu antworten, schlug er ihm mit dem Schwertknauf vor die Schläfe, sodass sein starker Wächter einfach zur Seite kippte.

Dasgo schenkte ihm noch einen abfälligen Blick, dann setzte er seinen Weg zur Arena fort.

Er war vielleicht drachenlos aber auf keinen Fall wehrlos oder schwach.

Drachenarena

Der Weg zur Arena war nicht mehr weit. Der Korridor, durch den ihn der Wächter geführt hatte, war schnell zu Ende. Dasgo lief eine ausgetretene, schmale Treppe hoch und kam somit an die Oberfläche.

Auch wenn Minath einen bitteren Geschmack in seinem Mund hinterließ, wenn er nur an den Namen dachte, war es eine schöne Stadt, mit prachtvollen und mächtigen Türmen. Ganz oben an der Spitze eines jeden Turmes befand sich eine große Fläche. Sie diente den Drachen als Landeziel oder als Ruheort.

Dasgo ließ den Blick kreisen. Der Himmel, der an diesem Tag strahlendblau war, war bespickt mit dunklen Schatten, die sich schließlich als fliegende Drachen herausstellten, die die Stadt anvisierten. Er sah nach vorne, fasste sein Schwert fester und lief los.

Minath hatte natürlich nicht nur Türme, sondern auch Häuser, in denen ebenfalls Drachenreiter lebten. Die Häuser befanden sich eher im Innern der Stadt und waren umkreist von den Türmen. Ein unbemerktes Eindringen war somit gar nicht möglich. Schon alleine deshalb, weil es sofort auffiel, wenn jemand sich mit einem Drachen der Stadt näherte.

Die Luft war geschwängert von einem anhaltenden, mal lauteren und leiseren Gekreische und Gebrüll der heranfliegenden Drachen. Dasgo hatte schon daran gedacht, jetzt da er ohne Wächter unterwegs war, einfach zu fliehen, doch wo hätte er schon ohne seinen Drachen hingekonnt? Die Stadt Minath schwebte Meilen über dem großen Kristallmeer. Ein Sprung aus der Höhe wäre selbst für einen Meisterschwimmer tödlich. Außerdem wies das Kristallmeer tobende Wellen auf, die mit Gewalt gegen Felsen krachten. Dort zu schwimmen war beinahe ein Ding der Unmöglichkeit! Das Kristallmeer befand sich auf der Ostseite Aratras. Während das Kristallmeer sehr wild war, war das Perlenmeer sehr ruhig. Nur sanfte Wellen wurden somit an Land gespült.

Nein, dachte Dasgo, wenn er Minath wieder verlassen wollte, musste er Dragonit befreien und fortfliegen. Auch wenn die Drachenreiter etwas ganz anderes mit ihm vorhatten.

Bei dem Gedanken verzog sich sein Gesicht zu einer gequälten Grimasse und seine Handfläche schloss sich automatisch kraftvoll um den ledernen Schwertgriff. So wie es Brauch in Minath war, musste er nun einen Drachenkampf bestehen! Wenn er gewann, war er frei und wurde mit etwas Glück sogar ausgebildet. Doch der Kampf war so gestrickt, dass er nicht gewinnen konnte, dies wusste Dasgo. Er glaubte nicht mehr daran, dass er hier eine Zukunft hatte. Die Reiter wollten nur noch seinen Tod. Seinen Tod dafür, dass er in ihren Augen zu schwach war.

Dasgo lief schneller, um die Arena zu erreichen und in der Hoffnung somit die schlechten, quälenden Gedanken loszuwerden. Er musste sich dem Kampf stellen. Schließlich hatte er gar keine andere Wahl. Fliehen konnte er nicht, und wenn er sich irgendwo versteckt hielt, wäre es nur eine Frage der Zeit, bis man ihn finden würde, und dann war er so wie so tot. Ihm blieb nichts anderes übrig, als das Beste zu hoffen.

Schließlich war die gepflasterte Straße zu Ende und die Häuser wichen an den Seiten zurück und machten einer riesigen, runden Arena Platz. Sie sah aus wie ein gigantischer Berg in Form eines finsteren, stachelbesetzten Drachenkopfes. In den Augen loderte ein stummes Feuer und sie blickten drohend auf Dasgo herab. Das Maul, das den Eingang darstellte, war weit geöffnet. Unmittelbar neben der Arena stand eine riesige Statue. Sie zeigte einen Mann mit gezogenem Schwert, finsterem Gesicht und langen Haaren. Dasgo blickte stolz in das harte Gesicht der Statue. Das war Tropas, der größte Drachenreiter, der je auf Aratras gelebt hatte.

Nachdem Dasgo eingetreten war, lief er durch einen dunklen Gang. Durch das Sonnenlicht, das von draußen noch ins Innere drang, erkannte der ehemalige Drachenreiter, dass er auf einer steinernen Zunge lief.

Der Gang war lang und bald fand er sich in vollkommener Dunkelheit wieder. Mit nervösen Bewegungen sah er immer wieder zurück und er fragte sich, ob es nicht doch besser war umzukehren.

Dasgo schüttelte entschieden den Kopf. Das war unmöglich. Er musste sich der Herausforderung stellen. Wenn er es nicht tat, würde er sich das selber nie verzeihen. Außerdem war Dasgo ein Kämpfer und er verstand selber nicht, weshalb dieser Kampf ihn so aus der Fassung brachte.

Weil es dein letzter Kampf sein wird, hörte er seine eigenen höhnischen Gedanken. *Weil du noch niemals in einem offenen Kampf einem Drachen gegenübergestanden bist*!

Der Gang, der den Rachen eines Drachen darstellte, war beinahe zu Ende und Dasgo erkannte schon einen Teil der großen Arena. Von weit oben drang weißliches Sonnenlicht, wahrscheinlich durch die Augen des Stein-Drachen. Trotzdem war es mehr ein Dämmerzustand als wirklich hell.

Schließlich hatte Dasgo das Ende des Ganges erreicht. Die Arena war gigantisch. Sie war kreisrund und der Platz war besetzt mit spitzen Felsen. Sie hatte beinahe die Eigenschaften eines kleinen Gebirges.

Mit klopfendem Herzen sah Dasgo sich um. Viele Einwohner Minaths saßen auf den Rängen, um sich an dem Spektakel zu erfreuen. Sie riefen und klatschten ihm entgegen, doch Dasgo freute sich nicht. Die Menschen waren gekommen, um ihn sterben zu sehen! Sein Drache hatte bereits verloren!

Und jetzt war er an der Reihe!

Fast schon, wie um sich das Gegenteil zu beweisen, biss er sich auf die Unterlippe, spreizte seine Beine, um einen festen Stand zu haben und fasste sein Schwert fester. Er würde kämpfen und er würde es seinem Gegner nicht zu leicht machen. Auch wenn dieser ein Drache war.

Plötzlich fing der Boden an zu beben und ein lautes Krachen und Poltern war zu hören. Wie aus einem bösen Traum beobachtete Dasgo, wie hinter einem breiten Felsen etwas Großes, Massiges emporwuchs. Es dauerte einen kurzen Moment, bis er feststellte, dass ihm tatsächlich ein Drache gegenüberstand. Er war schneeweiß, hatte einen finsteren Blick mit dunklen Augen und einen muskulösen Körper. Seine Vorderläufe waren kraftvoll und die weißen, ledrigen Flügel eng an den Körper angelegt. Der Drache machte einen Schritt auf Dasgo zu und trat dabei einfach einen Teil des Felsens kaputt, hinter dem er sich gerade erst versteckt hatte.

Gleichzeitig stieß er ein ohrenbetäubendes, beinahe schon qualvolles Kreischen aus. Dasgo kannte diesen Drachen!

Es war Dragonit, sein eigener Dache!

Drachenfeuer

Es dauerte lange, bis Dasgo seine Starre überwunden hatte, in der er nichts anderes getan hatte, außer den schneeweißen, mächtigen Drachen mit einer Mischung aus Unglauben und Fassungslosigkeit anzustarren.

Das kann doch unmöglich sein, dachte er sich panisch.

Dasgo stand beinahe zu lange still, denn Dragonit schritt immer weiter auf ihn zu und holte plötzlich mit einer ungeheuren Kraft nach ihm aus, dass sich Dasgo nur noch mit einem schnellen Fall zu Seite retten konnte. Ein Treffer eines solchen Drachen bedeutete seinen Tod.

Dasgo kam schnell wieder auf die Füße und suchte hinter einem breiten Felsen Deckung. Wäre seine jetzige Situation nicht so todernst, hätte er laut aufgelacht. Was brachte es schon, sich hinter einem Felsen zu verstecken, wenn dahinter ein zu allem entschlossener, kräftiger Drache lauerte, der nur einmal mit dem Schwanz ausholen musste, um diesen zu zertrümmern?

Ganz vorsichtig lehnte sich Dasgo zur Seite …

… und zuckte gleich wieder zurück, als in diesem Moment tatsächlich Dragonits Schwanzspitze an ihm vorbeizischte und einen Teil des Felsen unter einem lauten Krachen mit sich riss. Felssplitter und Staub wurden davon geschleudert und aufgewirbelt, sodass Dasgo schützend die Arme vors Gesicht hob und davon taumelte.

Großer Gott, wieso griff Dragonit seinen Reiter an?

In diesem Moment fand Dasgo natürlich keine Antwort auf diese Frage. Er rannte von Felsen zu Felsen und war voll und ganz damit beschäftigt, am Leben zu bleiben. Dasgo konnte unmöglich ernsthaft gegen seinen eigenen Drachen kämpfen.

Das würde sein Versprechen brechen, das er Dragonit vom ersten Moment an gegeben hatte.

Der Mann war an einem neuen Felsen angekommen und immer wieder war das Fauchen und Kreischen seines Drachen zu hören.

Gehetzt sah Dasgo in die Höhe. Die Arena reichte sehr weit, sodass Dragonit wahrscheinlich fliegen könnte. Ein nervöses Lächeln schlich sich auf Dasgos Gesichtszüge, als ein wahnwitziger Plan in ihm Gestalt annahm.

Dieser Plan war mit einem verrückten Wahnsinn gepaart, doch es könnte funktionieren.

Mit fliegenden Händen suchte er an dem hohen Felsen Halt und begann daran emporzuklettern. Immer wieder hörte er es scheppern und krachen, weil Dragonit damit beschäftigt war, in der Arena in völliger Raserei zu wüten.

Der weiße Drache war nicht er selber. Dasgo kannte Dragonit. Es war ein Drache, der nicht aus reiner Wut handelte. Dasgo hatte viel trainiert, damit sein Dache das begriff und die Mühe und die Ausdauer hatten sich gelohnt. Aber jetzt war davon nichts mehr geblieben.

Dasgo hatte die Spitze des Felsen fast erreicht. Er fasste den Schwertknauf seines Schwertes, das er sich zuvor an seinen Gürtel gehangen hatte, wie um zu überprüfen, ob es noch da war. Mit einem leichten Anflug der Erleichterung merkte er, dass es so war. Er würde es nicht verwenden, dennoch fühlte sich Dasgo einfach wohler mit einer Waffe an seiner Seite.

Er sah gehetzt über die Felsenspitze hinweg und von seinem jetzigen Punkt konnte er beinahe die gesamte Arena überblicken. Sie war wirklich riesengroß. Ohne Probleme hätten noch vier weitere ausgewachsene Drachen auf diesen Platz gepasst.

Plötzlich kam Dragonit schräg von oben auf ihn zugeflogen. Die Flügel an den Körper gepresst und den Körper so lang gestreckt wie der Pfeil eines Langbogens.

Mit klopfendem Herzen duckte sich Dasgo, um der herannahenden Schnauze Dragonits zu entgehen und verlor beinahe den Halt, konnte sich aber im letzten Moment noch festklammern, um nicht in die Tiefe zu stürzten. Ein Sturz aus dieser Höhe wäre zwar nicht tödlich, doch wenn es schlecht lief, hätte er sich ein Bein brechen können.

Mit einem Blick über die Schulter erkannte Dasgo, wie Dragonit hinter ihm die Flügel ausbreitete, um den Flug abzubremsen und wendete.

Wie sollte sein Plan funktionieren?

Mit einer enormen Kraftanstrengung kämpfte sich der Krieger wieder in die Höhe und wartete auf einen erneuten Angriff.

Dieser kam schneller als gedacht! Kaum hatte sich Dasgo wieder zu Dragonit umgewandt, war er schon heran und alleine der Luftzug riss den Mann nach hinten und er stürzte den Felsen hinab. Er ruderte mit den Armen und suchte verzweifelt nach Halt, fand allerdings keinen und rutschte auf dem Rücken in die Tiefe. Nun war er wieder am Boden.

Dasgo rappelte sich hoch und schüttelte enttäuscht den Kopf. Dann zog er sein Schwert!

Ihm blieb gar nichts anderes übrig, als zu kämpfen. Aus den Augenwinkeln erkannte er, dass der Ausgang von zwei mächtigen Wächtern blockiert war und das Publikum schrie und tobte noch immer. Fliehen hatte somit gar keinen Sinn.

Dragonit war inzwischen ebenfalls wieder am Boden und musterte Dasgo mit seinen klugen, wachsamen Augen. Dasgo tat dasselbe.

Er musste es schaffen, wieder Vertrauen zu seinem Drachen zu finden. Ganz egal, was mit ihm geschehen war, er war seit ein paar Jahren sein treuer

Freund und Begleiter. Es war einfach Wahnsinn, wenn sie beide diesen ungleichen Kampf ausfochten.

Dasgo ging in die Knie, ohne den Blick zu senken und legte das Schwert auf den Boden. Dann richtete er sich langsam wieder auf und ging langsam auf den Drachen zu.

Dieser reagierte scheu und aggressiv zugleich. Er wich zurück und fauchte gleichzeitig, sodass Dasgo beinahe ebenso zurückwich.

Dragonit schien allerdings etwas Bekanntes in Dasgo zu erkennen, das spürte er ganz deutlich. Oder er hoffte es zumindest!

Langsam, zögernd ging Dasgo einen kleinen Schritt nach vorne, ohne seinen Drachen aus den Augen zu lassen. Er wagte es nicht einmal, für den Bruchteil einer Sekunde zu blinzeln. Hätte Dasgo dies getan, würde Dragonit das als Schwäche erkennen und dies würde schlimme Folgen für ihn haben. Dasgo wusste, dass er sehr viel Geduld aufbringen musste, um sich seinem Drachen zu nähern.

Ohne einen Muskel zu rühren, verharrte er eine Zeitlang ganz still. Auch das Publikum war inzwischen ganz still und schien den Atem angehalten zu haben.

Dragonit schnaufte ein paar Mal nervös und schien sich immer unwohler zu fühlen. Immer wieder wich er weiter zurück und zuckte wild mit dem Schwanz.

»Dragonit, mein Freund«, sagte Dasgo und brachte ein vorsichtiges Lächeln aufs Gesicht.

Plötzlich geschah etwas vollkommen Katastrophales.

Dasgo erkannte aus den Augenwinkeln, wie sich ein Wächter dem Ring näherte, einen Bogen vom Rücken nahm und einen Pfeil anlegte.

Dasgo verlagerte sein Körpergewicht auf die Seite und stieß sich ab. Geradewegs auf den Wächter zu! Dasgo war schnell! Und doch nicht schnell genug!

Der Bogen war bis zum Anschlag gespannt, und als der Pfeil davon schnellte, kam er einem zuckenden, kaum wahrnehmbaren Schatten gleich, der durch die Luft zischte.

Dragonit erkannte die Gefahr, stieß ein lautes Gebrüll aus und stieß sich mit tobenden Flügeln vom Boden ab.

Trotzdem entging der Drache dem Angriff nicht komplett. Der Pfeil zischte mit einer unbeschreiblichen Schnelligkeit herbei, schrammte den linken Flügel und riss die lederne Haut auf. Dragonit ließ ein schmerzhaftes Knurren aus, hielt sich aber ohne große Mühe in der Luft.

Dasgo bekam dies alles nur am Rande mit. Mit einem kampflustigen Schrei stürzte er auf den Wächter zu und riss ihn einfach mit der Wucht des Aufpralls von den Füßen, sodass dieser ein erschrockenes Keuchen ausstieß.

Dasgo rollte über dem Boden und der Wächter knurrte wütend und schlug nach ihm, doch Dasgo rammte ihm das Knie in den Magen. Der Wächter, kräftig, wie er war, kippte wimmernd zur Seite und blieb zuckend und mit einem schmerzverzerrten Gesicht liegen.

Sofort war Dasgo wieder auf den Beinen und trat dem Wächter noch einmal in die Seite, damit er tatsächlich liegen blieb.

Mit einem unguten Gefühl wandte er sich ab und sah hinauf zu Dragonit. Dieser tobte wütend in der Luft und einige Zuschauer suchten bereits die Flucht, denn der Drache stieß gerade eine dichte Feuersäule aus.

»Dragonit, beruhige dich!«, schrie Dasgo und fuchtelte mit den Armen in der Luft. Der weiße Drache wandte seinen Kopf in Dasgos Richtung. In seinem Blick war so etwas wie Erkennen aber auch eine bodenlose Wut und Schmerz.

Dragonit schlug wild mit den Flügeln, bis er knapp unter der hohen Decke schwebte, dann füllte sich sein Maul mit rotem, heißem Feuer.

Dasgo sprang zur Seite und suchte verzweifelt nach etwas, das ihn vor dem, was gleich geschehen würde, schützen konnte.

»Krieger, hilf uns!«

Die Arena war inzwischen erfüllt von einem lauten, anhaltenden Kreischen und Poltern der Zuschauer, sodass die Worte des zweiten Wächters beinahe untergingen. Gehetzt sah Dasgo sich nach dem um, der die Worte ausgesprochen hatte. Der zweite Wächter kniete neben dem bewusstlosen Mann, den Dasgo geradeeben niedergetreten hatte.

Dasgo sah in die Höhe. Der prachtvolle, weiße Drache schwebte noch immer in der Luft, die Flügel weit ausgebreitet und mit blauen, schlauen Augen sah er zu ihnen herab. Dragonit hatte das Maul geöffnet und das Feuer in seinem Rachen nahm immer mehr zu. Bis zum Feuerausstoß konnten es nur noch wenige Sekunden dauern. Wenn Dasgo es riskierte und die Wächter zu retten versuchte, wäre das ihr aller Tod.

Ohne zu überlegen, sprang Dasgo hinter dem Felsen hervor, um sein Möglichstes zu tun. Einer der Wächter war bereits dabei, sich seinen Kameraden auf den Rücken zu heben, als Dasgo heran war.

»Wir müssen hier weg!«, schrie Dasgo dem Wächter entgegen. Der Lärm war inzwischen unerträglich.

Der Wächter sah mit einem vor Anstrengung verzerrten Gesicht zu Dragonit hinauf und seine Augen weiteten sich noch weiter. »Was hat dieses verdammte Vieh nur vor?«, wollte dieser an Dasgo gewandt wissen.

»Das werden wir früher erfahren als wir wollen, wenn wir hier noch weiter rumstehen«, drängte Dasgo und half bereits, den Wächter zu stützen.

Dann liefen sie los! Eine Lawine aus Hitze und brennendem Tod war ihnen auf den Füßen!

»Das schaffen wir nicht!«, stellte der Wächter fest, als er beobachtete, dass ihnen bereits das Drachenfeuer folgte.

»Hinlegen!«, schrie Dasgo und schubste den Wächter bereits zu Boden. Dasgo presste sich direkt daneben auf die Erde. Er würde sich noch bis an sein Lebensende fragen, wie er diese Qual, diesen Schmerz überleben konnte. Wahrscheinlich, weil sein Körper halb von einem hohen Felsen verdeckt wurde und deshalb die größte Hitze der Flammen über ihn hinwegfegte.

Die beiden Wächter hatten weniger Glück. Sie lagen vollkommen ungeschützt am Boden und wurden im wütenden Drachenfeuer gebadet.

Dieser schreckliche Moment wehrte nur für ein paar Sekunden, doch für Dasgo dehnte er sich zu einer halben Ewigkeit. Auf seiner Haut bildeten sich weiße Brandblasen, bei dessen Bildung man hätte zuschauen können und sein Haar wurde versengt und begann, unangenehm zu riechen. Doch das nahm Dasgo in diesem Augenblick alles nicht wahr. Er klammerte sich mit einer Verzweiflung am Leben fest, dass ihm schon alleine die Gedanken daran unglaubliche Kraft kosteten.

Dann, so plötzlich, wie es begonnen hatte, war es vorbei.

Mit dem Ende der Katastrophe kam der Schmerz. Und mit dem Schmerz die befreiende Ohnmacht!

Der legendäre Tropas

Das Erste, das er wahrnahm, als er erwachte, war die undurchdringliche Dunkelheit, die sich um ihn herum aufgebaut hatte. Und gleich darauf der unbeschreibliche, brennende Schmerz der Verbrennungen.

Dasgo stöhnte qualvoll auf, presste sowohl Augen als auch Zähne zusammen, doch der Schmerz wurde dadurch kein bisschen gelindert. Ganz im Gegenteil schien er nun, da er ihn vollends wahrgenommen hatte, nur noch schlimmer zu werden.

So gut es ging versuchte Dasgo dies zu ignorieren und fasste mit seiner Hand nach seinem Gesicht. Genauer gesagt wollte er es, doch er konnte es nicht, denn er war gefesselt.

Seine Arme waren mit einer langen Stahlkette, die mit der Wand verankert war, in die Höhe gezerrt worden, sodass er sich so gut wie gar nicht bewegen konnte.

Ganz langsam kamen Dasgo die Erinnerungen zurück. Voller Besorgnis fragte er sich, was jetzt wohl mit Dragonit geschehen würde. Immerhin hatte er zwei Wächter aus Minath getötet. Dass der Drache vorher durch einen unbedachten Angriff gereizt worden war, das würde sicherlich nicht berücksichtigt werden. Dasgo war sich durchaus bewusst, dass es an ein Wunder grenzte, noch am Leben zu sein. Ein Drachenfeuer hatte bisher nur eine Person überlebt. Diese Person war der älteste Drachenreiter überhaupt und war inzwischen nicht mehr am Leben. Natürlich gab es Sagen und Geschichten, dass Tropas, der Reiter, gesehen worden war, doch Dasgo glaubte nicht an so etwas. Ein Drachenreiter war im Großen und Ganzen ein sterblicher Mensch und somit nicht in der Lage, über hundert Jahre alt zu werden.

Dasgo schüttelte verärgert den Kopf. Was spielte es jetzt für eine Rolle, ob der große Tropas noch lebte oder nicht? Sein eigenes Leben war vorbei. Nur ein riesiges Wunder konnte ihn jetzt noch vor den Tod bewahren.

Und an Wunder glaubte Dasgo schon länger nicht mehr. Sah man einmal von dem Drachenfeuer ab, welches er überlebt hatte.

Immer wieder rüttelte Dasgo an den Ketten und er schrie schmerzhaft auf, als sein verbrannter Rücken an der trockenen, harten Mauer entlang schrammte. Er war wirklich in keiner guten Lage. Beinahe wünschte er sich wieder in die Arena zurück.

Dasgos Magen krampfte sich schmerzhaft zusammen, als er daran zurückdachte, wie er vorgehabt hatte, mit Dragonit davonzufliegen. Nun befand er sich nicht am strahlend blauen Himmel in der Freiheit, sondern in einem finsteren, dreckigen Keller in Gefangenschaft und Dasgo vermochte sich gar nicht auszumalen, was mit ihm passieren würde.

Plötzlich erklang ein schabendes Geräusch und ein Streifen golden farbiges Fackellicht drang in die Kammer, als sich eine schwere Tür in der Ferne öffnete.

Der Fremde trat langsam näher an Dasgo heran, so als wäre er ein gefährliches Wesen und kein wehrloser Gefangener. Schließlich stand er beinahe direkt vor ihm und hielt Dasgo die brennende Fackel direkt unter die Augen.

»Wieso lebst du noch?«, fragte der Fremde vorsichtig. Auch wenn Dasgo vom hellen Licht des Feuers geblendet wurde, konnte er das Gesicht des Mannes sehr gut erkennen. Er war sehr alt, dünn und stand bucklig vor ihm. Um seine Augen befanden sich tiefe, schwarze Ringe, was ihn wahrscheinlich noch etwas älter wirken ließ, als er in Wirklichkeit war. Der Fremde war bartlos und auf den Wangen befanden sich dicke Warzen.

»Das wüsste ich auch gerne«, gab Dasgo stöhnend zur Antwort, als er mit seiner Begutachtung fertig war. Sein Gesicht wandte er immer wieder zur Seite, da der Fremde mit seiner Fackel immer näher kam, so als wolle er ihn an Ort und Stelle einfach verbrennen.

Plötzlich wirkte der Fremde wütend. »Das ist keine Antwort auf meine Frage«, bellte er und schlug sich energisch mit einer Faust auf sein Bein.

Ohne auf seine energische Geste einzugehen, zerrte Dasgo an den Ketten, was ihm nur blutige Kratzer am Handgelenk einbrachte.

»Ich kenne niemanden, der ein Drachenfeuer überlebt hat«, fuhr der alte Mann fort.

Dasgo funkelte ihm herausfordernd an. »Ich schon.«

Wieder zerrte er an den Ketten und unterstrich es mit einem wütendem Fluchen: »Verdammt, weshalb werde ich festgehalten wie ein Tier?«

Auch wenn Dasgo nicht wirklich mit einer Antwort gerechnet hatte, bekam er sie: »Weil gleich das vollendet wird, was der Drache nicht geschafft hat.«

Der Fremde trat noch einen Schritt näher an Dasgo heran und grinste ihm frech entgegen, sodass seine gelben, ungepflegten Zähne zum Vorschein kamen.

Dasgo lachte unbeeindruckt. »Ja tatsächlich?«, fragte er spöttisch. »Badet mich einer euer Drachenreiter noch mal in Flammen oder wie darf ich das verstehen?«

Der Fremde war nun so nah mit seinem Gesicht an Dasgos heran, dass sich beinahe ihre Nasenspitzen berührten.

»Du wirst hingerichtet.«

Diese Worte hatte er nur geflüstert, dennoch hatten sie einen bitteren Nachhall und Dasgo stellten sich die Nackenhaare auf. Der alte Mann ließ diese Worte noch einen Moment nachwirken, dann wandte er sich um und verließ die Kammer. Als er die Türe schloss, war Dasgo wieder alleine mit der Dunkelheit.

Die Wende

Dasgo vermochte hinterher nicht zu sagen, wie lange er alleine in der Kammer verbracht hatte, doch schließlich, nach einer gefühlten Ewigkeit, kam endlich jemand, um ihn zu holen. Seine Hände und Arme waren inzwischen so taub, dass er sie nicht einmal mehr bewegen konnte und es dauerte auch noch ziemlich lange, bis allmählich das Blut zurückfloss, was ein unangenehmes Kribbeln mitbrachte.

Dasgo war inzwischen so müde und entkräftet, dass er an mögliche Fluchtversuche nicht einmal mehr dachte. In diesem Moment glaubte er nicht mehr daran, dass er noch mit dem Leben davonkommen würde.

Mit einem derben Hieb in den Rücken wurde er vorwärtsgetrieben, als er für den Wächter anscheinend nicht schnell genug lief. Irgendwie kam ihn das Ganze sehr bekannt vor, dachte er mit bitterem Humor.

Seine Verbrennungen waren noch immer nicht zurückgegangen, sodass jede Berührung der Haut unangenehm schmerzte. Vermutlich würde er für sein Leben mit üblen Narben gezeichnet sein.

Der Gang, auf dem sich Dasgo nun befand, war nur spärlich mit ein paar schwachbrennenden Fackeln an den niedrigen Wänden erhellt. In geringer Entfernung sah er eine Person und selbst diese erkannte er nur schemenhaft, trotzdem wusste er, um wen es sich handelte: Es war der alte Mann, der ihn als Erstes besucht hatte.

»Wie sieht diese Hinrichtung den aus, wenn ich fragen darf?«, fragte Dasgo spöttisch und wandte seinen Kopf etwas zur Seite, um seinen Begleiter zumindest aus den Augenwinkeln erkennen zu können. Dieser verzog nur verärgert das Gesicht und gab ihm zur Antwort einen erneuten Schlag ins Kreuz, sodass Dasgo vorsichtshalber den Mund hielt. Somit würde er zwar nicht schlauer werden, allerdings blieben ihm erneute Schmerzen erspart, wenn man von den unangenehmen Verbrennungen mal absah.

Schließlich antwortete der Wächter doch mit einem fiesen Lachen: »Ich merke schon; man hat dich unterrichtet.«

Dasgo lief einfach weiter den Gang entlang.

Jetzt, als seine Glieder wieder in Bewegung kamen, wurde auch sein Verstand allmählich klarer. Das Kribbeln aus Armen und Händen flaute langsam ab, worüber Dasgo sehr froh war.

Immer wieder sah sich Dasgo unauffällig um, doch es half nichts. Sie folgten wirklich nur einem langen Gang ohne Abzweigung oder Seitengängen. Jetzt einfach loszulaufen und zu entkommen versuchen wäre vollkommen sinnlos. Er würde gerade einmal ein paar Schritte weit kommen. Andererseits währte sein Leben ohnehin nur noch ein paar Augenblicke, ob er jetzt hier auf dem Gang starb oder irgendwo anders, das war egal. Trotzdem hinderte Dasgo irgendetwas daran, einfach fortzulaufen. Auch wenn es sich wie ein verzweifeltes Wunschdenken anhörte: Dasgo lebte noch und er war nicht bereit, dieses Leben so einfach wegzuschmeißen.

Plötzlich stieg der Gang ein wenig an, was verriet, dass sie sich zumindest nicht an der

Erdoberfläche befanden. Wieder lachte sein Begleiter hässlich, während er sagte: »Gleich wirst du eine Überraschung erleben.«

Dasgo biss sich wütend auf die Lippen, bis es schmerzte, verkniff sich aber weiterhin jeden Kommentar. Er schwor sich aber, dass dieser aufgeblasene Dummkopf seine Rechnung bekommen würde.

Allmählich wurde es in der Ferne hell. Der Gang endete.

Dasgo wurde vom hellen Licht des Tages vollkommen geblendet, doch er konnte immerhin noch den alten Mann erkennen, der in diesem Moment den Gang verließ und sich nach rechts wandte.

»Einfach Grolos folgen«, sagte der Wächter hinter ihm. »Er führt uns.«

Nun musste Dasgo tatsächlich lachen. »Heißt das, du kennst den Weg nicht?«

Der Wächter ließ einen Moment mit einer Antwort warten, doch dann, als Dasgo gar nicht mehr mit einer Entgegnung rechnete, sagte er zähneknirschend: »Natürlich kenne ich den Weg.« Dasgo tat ihm den Gefallen, das zu glauben.

Als sie den stickigen Gang endlich verließen, blendete das Licht der Sonne Dasgo noch einmal mehr, sodass seine Augen sogar zum Tränen anfingen. Ein frischer Wind schlug ihm entgegen. Er war sehr kalt und heftig, dennoch war es eine Wohltat nach den Stunden, die hinter ihm lagen.

Es dauerte eine Weile, da hatten sich Dasgos Augen endlich an die Helligkeit gewöhnt. Er öffnete sie und er war beinahe enttäuscht. Hinter ihnen befand sich der Gang, durch den sie gekommen waren. Es war einfach ein finsteres Loch und man hätte es eigentlich für einen finsteren Tunnel oder vielleicht sogar für eine kleine Höhle halten können. Dasgo merkte sofort, dass sie sich ganz am Rand der Stadt befanden, denn direkt vor ihm, in nur ein paar Schritten Entfernung, befand sich ein senkrecht in die Tiefe führender Abhang.

Dasgo kniff immer wieder die Augen zusammen, denn der Wind flaute nicht ab, sondern schien ganz im Gegenteil an Heftigkeit zuzunehmen.

Mit einer zögernden Bewegung wandte sich Dasgo um. Sein Wächter und der alte Mann, der anscheinend den Namen Grolos trug, hatten sich kampflustig hinter ihm aufgebaut.

Dasgo setzte ein Lächeln auf, von dem er hoffte, dass es seine spöttische Wirkung nicht verfehlte. Als er allerdings seine Stimme hörte, wusste er, dass es kläglich misslang. »Und da wollt ihr mich jetzt runter stoßen, ja?«

Nun lachten beide Männer, die unterschiedlicher nicht hätten sein können, so als wenn sie diese Frage mehr als erwartet hätten: »Nicht wir.«

Kaum waren diese zwei Worte ausgesprochen, stieß Grolos einen Pfiff aus und nur ein paar Sekunden später vernahm Dasgo ein Gebrüll, das ihn das Blut in den Adern gefrieren ließ. Als er sich wieder zur Klippe umwandte, sah er seine schlimmste Befürchtung bewahrheitet.

Etwas Großes, Mächtiges stieg langsam, mit mächtigen Flügelschlägen den Abhang empor. Der Schädel des Drachen war stolz gen Himmel gereckt und sein weißer Körper glänzte beinahe wie Glas im hellen Sonnenschein.

Wütend fuhr Dasgo herum. Die beiden Gestalten grinsten ihm amüsiert entgegen, doch er ging nicht darauf ein. »Was soll das werden?«, fragte er zornig und trat energisch auf die beiden Männer zu. Seine Hand fuhr wie von selber zu der Stelle, an der normalerweise immer sein Schwert hing, doch nun hatte er natürlich keines mehr. Ob es ihm durch das Feuer des Drachen kaputtgegangen war oder man es ihm genommen hatte, vermochte er in diesem Moment nicht zu sagen. Dies spielte gerade auch keine Rolle. Es kam ohnehin das Gleiche bei raus.

»Was hat mein Drache damit zu tun?« Dasgo schrie sie inzwischen an und das nicht, weil der Wind so heftig brauste.

Grolos ergriff das Wort. Seine Miene war ernst. »Es ist schon lange nicht mehr dein Drache«, sagte er abfällig. Mit einem abgehackten Nicken zu der Flugechse fügte er hinzu: »Sieh dir den Drachen doch an? Er hat sich gegen dich gewandt. Nenn mir einen Drachen, der seinen Reiter angreifen würde.«

Diese Worte trafen Dasgo wie ein Schlag ins Gesicht und es hätte nicht mehr schmerzen können. Das Schlimme war, dass Grolos Recht hatte.

»Dragonit war gereizt«, verteidigte er sich verzweifelt, auch wenn er wusste, dass er sich diese nur einredete.

Grolos schüttelte vollkommen ruhig den Kopf, was Dasgo noch wütender machte.

»Du warst einmal ein Drachenreiter, mein Freund«, rief er über den Wind hinweg. »Du solltest wissen, dass ein Drache schon in den ersten Lebenswochen darauf trainiert wird, sich unter Kontrolle zu halten und niemals seinen Reiter anzugreifen. Was hat dieser Drache getan? Er hat dich angegriffen. Was für uns nichts anderes heißt, als das du es nicht würdig bist, ein Drachenreiter zu sein. Der Kampf gestern in der Arena war ein Test und gleichzeitig deine letzte Chance dich zu beweisen. Du hast versagt und nun bezahlst du dafür, so einfach ist das.« Grolos zuckte nur gleichgültig die Schultern und wandte sich an seinen muskulösen Partner.

»Das sehe ich ganz genau so«, fügte er nickend und mit einem zufriedenen Gesicht hinzu.

Dasgo presste wütend die Lippen aufeinander und ballte noch dazu die Fäuste. Wie sollten diese Gestalten beurteilen können, ob er ein Drachenreiter war oder nicht? Er und Dragonit lebten zwar erst seit etwa einem Jahr zusammen, doch immer waren sie füreinander eingestanden. Dasgo hatte seinem Drachen damals das Leben gerettet, als er ihn im Perlenmeer schwimmen sah. Das war ungerecht. Er sollte die Möglichkeit bekommen, dazuzulernen!

Ohne jegliche Vorwarnung schnellte Dagos Faust in die Höhe und grub sich in das Gesicht des alten Mannes. Dieser kam nicht einmal dazu einen überraschten oder schmerzhaften Laut auszustoßen, sondern kippte nur einfach nach hinten zu Boden. In Dasgo war eine verzweifelte Wut und er hätte am liebsten alles kurz und klein geschlagen.

Sein Partner dachte gar nicht daran Grolos aufzuhelfen, sondern stürzte sich mit einem wütenden Schrei auf Dasgo. Dasgo wich zu Seite, sodass der Hieb seines Gegners ins Leere ging und er einfach an ihm vorbei taumelte.

Dasgo drehte sich herum und schlug ihm mit einer solchen Kraft in den Rücken, dass dieser mit einem wimmernden Keuchen einfach zusammenbrach.

Dasgo wandte sich nun wieder an Grolos. »Nun ist Schluss!«, sagte er entschieden und laut. »Was gibt euch das Recht mich und meinen Drachen so zu behandeln?« Dragonit schwebte noch immer in der Luft und schien das ganze Szenario mit einer großen Belustigung zu betrachten.

Mit langsamen Schritten ging Dasgo auf Grolos zu. Als er vor ihm stand, deutete er mit seiner Hand auf Dragonit. »Wenn sich mein Drache gegen mich gewandt hat«, rief er laut und ließ Grolos, der eingeschüchtert am Boden saß, nicht aus den Augen, »wieso greift er mich dann nicht an?«

Grolos zuckte gleichgültig die Schultern. »Das wird er schon noch tun.«

Dasgo bückte sich und zog Grolos an seinem schmutzigem Hemd in die Höhe. »Ich möchte eine vernünftige Antwort«, fuhr er ihn an.

»Weißt du, was Dragonit für ein Drache ist?«

Dasgo sagte nichts auf seine Frage, sondern besah ihn nur ausdruckslos, sodass Grolos einfach fortfuhr: »Dragonit stammt von einer der ältesten Drachenspezies ab, die je gelebt hat. Diese Drachen haben die Welt beherrscht, als noch kein Mensch hier gelebt hat. Es ist extrem schwer und zeitaufwändig, diese Drachen zu zähmen, doch wenn man es schafft, ihr Vertrauen zu gewinnen, hat man einen Partner, auf dem man sich verlassen kann. Ich kann mir nicht vorstellen, dass du diese Echse bereits so gut im Griff hast. Einen solchen Drachen zu trainieren dauert viele Jahre, mein Freund.«

Dasgo trat noch einen Schritt auf Grolos zu. Er ging gar nicht auf das Gesagte ein, sondern fuhr ihn nur weiter an: »Wenn ihr Dragonit auch nur ein weiteres Mal zu nahe kommt, dann reiße ich jeden von euch in Stücke, verstanden?«

Grolos wurde nach jedem Wort von Dasgo kleiner und ohne seinen muskelbepackten Freund war er so oder so ein Mann, der sich nichts traute und lieber andere die Arbeit machen ließ.

Schließlich wandte sich Dasgo zu seinem Drachen um. Die weiße Flugechse ließ sich langsam zu Boden gleiten und schnaufte nervös aus seinen Nüstern.

»Ich bin dein Freund, Dragonit«, sagte Dasgo laut und deutlich. »Man ist nicht gut mit dir umgegangen und das tut mir leid. Ich hätte besser auf dich Acht geben sollen. Das war ein Fehler und ich habe daraus gelernt. In Zukunft arbeiten wir noch intensiver zusammen, das verspreche ich.«

Dragonit stand nun mit dem Rücken zum Abhang und kam mit langsamen Schritten auf Dasgo zugelaufen.

Dasgo legte seinem Drachen die flache Hand auf die Schnauze und tätschelte sie. Dragonit schnaufte immer wieder.

»Wie sieht es aus, mein Freund, Lust auf einen kleinen Flug?«

Dasgos größter Fehler

Die Sonne senkte sich bereits gen Westen dem Horizont entgegen und tauchte das unter ihnen fließende Kristallmeer in schimmernde, silberne Lichtreflexe, sodass es aussah, als würden auf der Wasseroberfläche tausende glasige Kristalle schwimmen. Vielleicht kam der Name auch genau von diesem Naturschauspiel, dachte Dasgo amüsiert.

Dragonit und Dasgo waren bereits seit ein paar Stunden aus Minath fort, und als Dasgo auf die schwebende Stadt zurückgesehen hatte, hatten sich seine Augen wieder vor Staunen geweitet. Zu dieser Stunde war die Sonne noch hoch gestanden und die auftürmenden Wolkenmassen, die die massive Stadt trugen, hatten wie flüssiges Gold geglänzt. Dasgo hätte gerne eine bessere Erinnerung an diese prachtvolle Stadt mitgenommen.

Er zuckte mit den Achseln und sah zum wolkenlosen Himmel empor. Er war froh, dass er wieder mit Dragonit zusammen war und sein Vertrauen zurückgewonnen hatte.

Stimmte das, was Grolos gesagt hatte? Stimmte es, dass Dragonit eine sehr alte Spezies der Drachen war? Dasgo wusste auf diese Frage keine Antwort, denn auch sein Lehrmeister hatte ihm zu seinem Drachen nichts verraten. Wahrscheinlich hatte auch er nichts Genaues gewusst, doch Dasgo wollte herausfinden, woher Dragonit kam und von welchen Drachen er abstammte. Als sein Drachenreiter wollte er so viel wie möglich über ihn wissen.

Ob Tropas ebenfalls so viel über seinen Drachen gewusst hatte? Wahrscheinlich ja. Auch wenn es Jahre dauern würde, bis er Dragonit wirklich verstand, das war ihm egal. Der Drache war sein Freund und das würde immer so bleiben!

Dragonit stieß ein freudiges Schnaufen aus und schlug ein-, zweimal mit den Flügeln, um an Höhe zu gewinnen.

Die Sonne kratzte nun am weit entfernten Horizont und dieser verfärbte sich in dunkles Rot, als wenn er in Flammen aufgegangen wäre. Es war ein Anblick, denn Dasgo wahrscheinlich nicht mehr vergessen würde. In der Vergangenheit, wenn er auf Dragonit geflogen war, hatte er schon einige Sonnenuntergänge gesehen, doch er wurde immer wieder überrascht.

Schließlich, als es fast vollkommen dunkel war und der große Mond sich als silberne, gräulich-fleckige Scheibe am Himmel zeigte, stieß Dragonit einen nervösen, warnenden Schrei aus.

Gewarnt sah sich Dasgo nach allen Seiten um. Zuerst konnte er rein gar nichts erkennen, doch dann, als er genauer hinsah, erkannte er große und kleine Schatten in der Ferne, die ebenfalls durch die Luft flogen.

Dasgo stieß einen leisen Fluch aus und gab Dragonit den Befehl sich leicht nach unten zu neigen. Dasgo und sein Drache wurden verfolgt und man musste kein Hellseher sein, um zu wissen, dass sie ihm nicht nachgeflogen waren, um ihm etwas Proviant mit auf den Weg zu geben.

Besorgt stellte Dasgo fest, dass aus der hereinbrechenden Dunkelheit immer mehr Drachenreiter auftauchten. Er verstand sofort, dass sie offenbar versuchten, sie einzukreisen.

Immer wieder ließ Dasgo seinen Blick kreisen. Der Kreis schloss sich langsam! Die Reiter kamen näher!

»Dragonit, flieg bis ganz dicht an die Wasseroberfläche!«, sagte Dasgo bestimmt, ohne wirklich zu wissen, was er sich davon versprach.

Kaum flog Dragonit in die Tiefe, folgten ihnen die anderen Drachen. Allerdings nicht alle. Einige blieben auch oberhalb. Im ersten Moment fragte Dasgo sich, weshalb sie dies taten. Nur wenige Sekunden später bekam er die Antwort!

Etwas Schmales, unglaublich Schnelles zischte an ihm vorbei und platschte beinahe geräuschlos ins Wasser. Es war ein Pfeil, und er war auf Dasgo angesetzt. Dragonit schien dies nicht entgangen zu sein, denn er stieß ein böses Brüllen aus und schlug ein paar Mal wild mit den Flügeln, um wieder an Höhe zu gewinnen.

»Ich denke, wir müssen kämpfen, mein Freund«, sagte Dasgo überflüssigerweise mit ernster Miene, denn sein Drache hatte anscheinend nichts anderes vor.

Dragonit schoss immer weiter in die Höhe, bis er mit dem am höchsten fliegenden Drachenreiter gleichauf war.

»So sieht man sich wieder«, sagte der Reiter spöttisch. Es war der muskelbepackte Wächter, der Dasgo zum Abhang durch den dunklen Flur begleitet hatte. Er flog einen mächtigen, schwarzen Drachen. Dieser hatte einen furchteinflößenden Blick und über dem ganzen Schädel kurze, spitze Stacheln verteilt. Der Reiter trug einen langen Kriegsbogen über der Schulter, was bewies, dass er auf ihn geschossen hatte.

»Was wollt ihr von mir?«, fragte Dasgo über den heftigen, schneidenden Flugwind hinweg.

Der Reiter lachte humorvoll auf. »Von dir wollen wir höchstens den Tod, großer Dasgo. Aber dein Drache interessiert uns.«

Dasgo spitze die Ohren. »Weshalb?«, fragte er nur, doch er rechnete nicht wirklich mit einer Antwort. Aber er bekam eine. Auch wenn sie anders aussah, als Dasgo es sich vorgestellt hätte. »Ich, Granis, werde derjenige sein, der den großen Dasgo zu Fall bringt«, sagte er laut und seine Stimme troff nur so voll Spott. Dann spannte er seinen Bogen. Ehe er den Pfeil losließ, sagte er noch: »Du hast Grolos` Worte gehört: Dein Drache stammt von einer alten Spezies ab. Er muss geschützt werden. Er ist wertvoll.«

Bevor Granis den Pfeil loslassen konnte, stürzte sich Dragonit auf ihn. Mit einem gewaltigen Flügelschlag war er heran und griff mit seinem gewaltigen Klauen nach dem Reiter. Doch da war noch der schwarze Drache. Dieser riss mit einem ohrenbetäubenden Knurren den Kopf in Dragonits Richtung und öffnete sein großes, gefährliches Maul.

Dasgo riss entsetzt die Augen auf, als er sah, was für riesige Zähne der Drache hatte.

»Dragonit, Vorsicht!«, schrie er, gerade noch im rechten Moment. Dragonit erkannte die Gefahr. Kurz bevor er sich Granis schnappen konnte, tauchte er nach unten weg und entging dem Biss des schwarzen Drachen um Haaresbreite. Dragonit flog unter dem Giganten hinweg, wobei sein Schwanz nach oben schnellte und seinen Angreifer im Gesicht traf. Der schwarze Drache schrie demnach wütend auf und wechselte den Kurs, um Dragonit zu folgen.

Überflüssigerweise rief Granis: »Los, Rotauge, wir holen ihn uns!«

Dasgo sah zurück und erkannte, dass die übrigen Drachen ihnen ebenfalls folgten. Er schüttelte den Kopf. Es war sinnlos. Gegen eine solche Übermacht kamen sie nicht an. Doch Dragonit schien da anderer Meinung zu sein. Der Drache begann im Zickzack zu fliegen, sodass er den Bogenschützen kein so leichtes Ziel bieten konnte. Gleichzeitig flog er auf einen herannahenden Drachen zu. Er war deutlich kleiner als Rotauge und hatte eine dunkelgrüne Farbe. Auch war dieser nicht mit so vielen Stacheln besetzt. Lediglich ein Teil des Rückens und der Schwanz.

Dragonit flog direkt darauf zu, packte ihn mit beiden Klauen und riss ihn im Sturzflug mit in die Tiefe.

Dasgo hatte alle Mühe, sich auf dem schneeweisen Drachen zu halten. Der Reiter des grünen Drachen hatte weniger Glück. Er stürzte mit einem gellenden Schrei ins große Kristallmeer.

Dragonit hielt den grünen Drachen noch immer fest umklammert, und kurz bevor sie das Meer erreichen, ließ er los, sodass der Drache mit einem lauten Aufprall ins Wasser stürzte. Dragonit schlug schnell wieder mit den Flügeln, um an Höhe zu gewinnen.

»Sehr gut, mein Freund«, lobte Dasgo seinen Drachen, doch die Freude währte nur kurz. Sofort flogen neue Reiter heran. Drachen in verschiedensten Farben und gezüchtet, um einzuschüchtern und zu töten.

»Wir müssen uns eine Waffe ergattern«, sagte Dasgo bestimmt, ohne zu wissen, wie genau er das anstellen sollte.

Erneut flog Dragonit in die Tiefe und das mit einer Geschwindigkeit, dass er sich in einen huschenden Schatten zu verwandeln schien.

Der Drache steuerte wahlweise einen Drachen an, der ihnen am nächsten war. Der Reiter schoss einen Pfeil auf sie ab, doch Dragonit wich schnell zur Seite, sodass dieser an ihnen vorbei ins tobende Wasser schoss. Hastig versuchte der Reiter, nachzulegen, doch er kam nicht dazu. Dragonit peitschte seinen Drachen die Flügel ins Gesicht, sodass dieser anfing zu beißen, doch er bekam Dragonit nicht zu fassen.

»Weshalb hast du auf uns geschossen?«, fragte Dasgo den Drachenreiter. Dieser zuckte nur die Schultern und sagte einsilbig: »Befehl.«

Dasgo nickte verärgert. »Gut, mein Freund. Dann gebe ich dir jetzt den Befehl deinen Bogen loszulassen und von deinem Drachen ins Wasser zu springen! Tust du das auch?«

Der Drachenreiter runzelte die Stirn und schüttelte dann den Kopf. »Nein«, sagte er in einem Ton, als hätte Dasgo eine äußerst dumme Frage gestellt, was er ja auch getan hatte.

Dasgo lehnte sich zur Seite, was gar nicht einfach war, denn die beiden Drachen bekämpften sich noch immer. Dann sprang er auf den neben ihm schwebenden Drachen.

Der Drachenreiter, er war ebenfalls noch sehr jung, fuhr ihn an: »Was, verdammt noch mal, soll das?«

Dasgo richtete sich vorsichtig auf und schlug dem Reiter ganz beiläufig den Ellbogen vor die Nase, sodass er stöhnend nach hinten kippte. Plötzlich machte der Drachen einen schnellen Hüpfer. Dasgo verlor mit rudernden Armen das Gleichgewicht, fiel nach vorne und fast vom Drachen herunter. Dann begann der Reiter, der nun unter ihm lag, laut zu lachen. Als Dasgo ihn fragend ansah, sagte er: »Sieh dich mal um!«

Dasgo tat, was er sagte und erschrak. Dragonit war von gleich drei Drachen umzingelt. Alle drei Reiter hatten einen Pfeil auf seinen Drachen angelegt.

»Gib auf, Dasgo!«, hörte er einen Reiter sagen. »Gib uns deinen Drachen und du bist frei!«

Das, was nun geschah, passierte unglaublich schnell. Dasgo würde sich das, was er nun tat, niemals verzeihen. Er sprang auf die Füße, schlug dem unter ihm liegenden Reiter sein dämliches Grinsen aus dem Gesicht, entwendete ihm den Bogen mit Pfeil und schoss aus der Drehung heraus. Der Reiter, der gerade mit ihm gesprochen hatte, hockte stocksteif auf seinem Drachen, dann sah er auf seine Brust, in dem der abgeschossene Pfeil steckte, und fiel einfach aus dem Sattel. In der darauffolgenden Sekunde brach die Hölle aus!

Alle Drachenreiter schossen ihre Pfeile auf Dragonit ab. Der weiße Drache war bald bespickt mit Pfeilen und besudelt von dunklen, roten Blutflecken.

Der Drache wollte davonfliegen, doch dafür fehlte ihm die Kraft. Er warf immer wieder unter Qualen seinen Kopf hin und her und stieß Schmerzenslaute aus, sodass sich Dasgos Magen umdrehte.

Was hatte er nur getan?

Diese Frage sollte er sich noch lange stellen. Er hatte seinen Drachen getötet! Dasgo stand einfach so auf dem fremden Drachen und konnte nicht fassen, was vor ihm geschah. Es dauerte nicht lange, da stürzte Dragonit vor Schwäche oder tot, das wusste Dasgo nicht, ins tobende Kristallmeer.

Dasgo zögerte keine Sekunde und sprang hinterher.

Der Fels im Wasser

Dasgo schwamm. Zumindest versuchte er das! Die Wassermassen waren so gewaltig und tobend, dass er einfach in irgendeine Richtung getrieben wurde und er hatte schon nach wenigen Sekunden den Orientierungssinn hoffnungslos verloren. Immer wieder wurde er unter Wasser gedrückt, weil die Wellen des Kristallmeeres einfach so kraftvoll waren, dass er nicht dagegen ankam. Von Dragonit war nichts zu sehen! Anfangs war der Drache noch an der Wasseroberfläche getrieben, doch er hatte ihn einfach aus den Augen verloren.

Vielleicht ist er auch ertrunken, dachte er mit einem unglaublich schlechten Gefühl in der Magengegend. Und es war seine Schuld!

Dasgo spuckte Wasser aus, wurde von einer Welle in die Höhe getrieben, sodass er zumindest für ein, zwei Sekunden einen guten Überblick hatte. Es blieb dabei. Es waren nur noch weitere Wassermassen zu sehen. Das Kristallmeer war unglaublich groß.

Dasgo war am Ende seiner Kräfte! Seine Arme und Beine schmerzten von den Schwimmbewegungen, die er seit einer gefühlten Ewigkeit ausführte und ihm rauschte der Schädel, denn das Wasser floss nicht gerade geräuschlos.

Schließlich wusste er nicht, wie lange er durch das Meer gewirbelt wurde und er sich kämpfend über Wasser hielt, um nicht zu ertrinken, doch dann endlich erkannte er seine Rettung.

In geringer Entfernung ragte ein gewaltiger Felsen aus dem Kristallmeer auf, der sich senkrecht in die Höhe reckte.

Dasgo nahm noch einmal all seine Kräfte zusammen und schwamm auf diesen Felsen zu. Er musste ihn einfach erreichen und daran hinaufklettern, denn wenn er dies nicht tat, war er verloren. Er würde ertrinken und seine Leiche würde einfach auf den Grund des Meeres sinken. Auch wenn er im Moment alles andere als stolz auf sich war, war er nicht bereit dazu, aufzugeben. Er wollte weitermachen und aus seinem schweren Fehler, den er begangen hatte, lernen.

Mit einer neuen Motivation schwamm er auf den Felsen zu und schließlich schaffte er es, ihn zu erreichen. Sofort stellte er fest, dass es alles andere als einfach werden würde, ihn zu erklimmen. Der Felsen führte tatsächlich senkrecht zum Himmel hinauf und die Höhe ließ Dasgo schwindeln. Noch dazu kam, dass der Stein an manchen Stellen so glatt war, dass man daran einfach keinen Halt fand. Doch Dasgo war entschlossen. Er musste dort hinauf! Hier im Wasser waren seine Überlebenschancen nicht gerade gut. Was er tun würde, wenn er dort oben war, daran dachte er im Moment noch nicht.

Dasgo begann zu klettern und seine Entschlossenheit gab ihm die nötige Kraft.

Es ging bereits die Sonne am östlichen Horizont auf, als er endlich vollkommen entkräftet und zu Tode erschöpft am höchsten Punkt des Felsens ankam und sofort einschlief.

Alte Ruine

Als Dasgo die Augen aufschlug, blendete ihn die aufgehende Sonne so sehr, dass es schon schmerzte. Augenblicklich schloss er die Augen wieder und drehte seinen Kopf zur Seite. Er blieb noch einen Moment schlaftrunken liegen und, nachdem er sich aufgerichtet hatte, wusste er für kurze Zeit überhaupt nicht, wo er war und vor allem, wie er hierhergekommen war. Benommen stand Dasgo vom trockenen, staubigen Boden auf und sah sich um. Erst jetzt drang das Geräusch von Meeresrauschen an sein Ohr. Auch war die Luft geschwängert mit einem angenehmen Salzgeruch.

Die Erinnerung kam allmählich zurück. Er befand sich auf einem Felsen, der mitten im Kristallmeer stand.

Mit gemischten Gefühlen trat Dasgo näher an den Rand heran und sah in die Tiefe. Sofort bereute er es. Normalerweise war er schwindelfrei, doch er befand sich in einer Höhe, dass sich Dasgo allen Ernstes fragte, wie er nur hier hochgekommen war.

Er trat hastig drei Schritte zurück und drehte sich anschließend im Kreis, um einen genauen Eindruck von seiner Umgebung zu bekommen. Es war sowohl faszinierend als auch ernüchternd. Der Fels bildete am höchsten Punkt so etwas wie ein Plateau und ziemlich genau in der Mitte stand ein altes, heruntergekommenes Gebäude, dass Dasgo stark an eine kleine Burg erinnerte. Sie stand auf einem höher gelegenen Platz. Zu der Burg führten insgesamt sechs lange, schmale Stufen hinauf, die so ausgetreten waren, dass Dasgo befürchtete, sie würden sein Gewicht nicht mehr tragen.

Während er mit staunenden Augen auf dieses Gebilde zuging, fragte er sich verwirrt, wer ein solches Gebäude auf einen Felsen inmitten eines gigantischen Meeres erbaute.

Dasgo fand natürlich keine Antwort darauf.

Aus näherer Betrachtung glich die Burg einer Ruine. Sie war groß und das Zentrum bildete ein zylinderförmiger Turm. Um diesen herum war einmal eine Mauer erbaut worden, doch davon war nicht mehr viel übrig.

Dasgo stieg die Stufen hinauf. Bis zur Burg war der Platz mit einem gigantischen, flachen Dach, das von breiten Säulen getragen wurde, beschattet, sodass Dasgo innerlich aufatmete. Auch wenn es noch früher Morgen sein musste, so brannte die Sonne bereits so kräftig, dass ihm schon jetzt der Schweiß auf der Stirn stand.

Neugierig blieb Dasgo nur einen kurzen Moment stehen, ehe er weiterlief. Der Platz war unglaublich. Er hätte eine Armee von mehreren Tausend Mann fassen können. Von seinem jetzigen Standpunkt aus konnte Dasgo bereits den Eingang zum Turm in Form eines halbrunden, finsteren Lochs erkennen. Sollte er wirklich dort hineingehen? Er wusste nicht, was ihn dort erwartete. Beinahe musste Dasgo über diesen Gedanken lachen. Was sollte ihn dort schon Außergewöhnliches erwarten? Er befand sich praktisch im Nirgendwo. Was diese Burg hier sollte, verstand er ohnehin immer weniger.

Also lief Dasgo entschlossen los und betrat schließlich den Turm. Finsternis hüllte ihn ein, an die er sich, nach der Helligkeit, erst einmal gewöhnen musste. Es war wie eine dunkle Wand, die sich vor seine Augen schob und es dauerte auch eine Zeit, bis sich diese langsam aufzulösen begann, damit Dasgo zumindest teilweise sehen konnte.

Schließlich erkannte er eine Treppe, die spiralförmig nach oben führte. Sonst gab es nichts Besonderes zu begutachten. Dasgo zögerte noch einen Moment, dann lief er entschlossen auf die Treppe zu und begab sich eine Etage höher. Seine Vermutung bestätigte sich, hier hatte sich schon ewig niemand mehr aufgehalten. Sowohl auf den Steinstufen als auch auf dem Geländer befand sich eine sehr dicke Staubschicht, sodass Dasgo aufpassen musste, um nicht wegzurutschen.

Es dauerte nicht lange, da hatte Dasgo den höchsten Punkt erreicht und er betrat ein rundes Zimmer, in dem ein massiver Tisch mit niedrigen Schemeln stand. Ein Kerzenleuchter, der einmal eine prachtvolle Farbe gehabt haben musste, hing von der Decke.

Wer hatte hier gelebt?

Das war so absurd, dass Dasgo beinahe laut auflachte. Er befand sich auf einem Felsen, der mitten im Kristallmeer stand. Es war so gut wie unmöglich, dass hier jemand hätte leben können.

Allerdings könnte es auch sein, dass diese Burg so etwas wie ein Zwischenhalt für alle Drachenreiter, die auf dem Weg nach Minath waren, darstellte. Wenn dem so war, dann nutzte ihn niemand mehr.

Es sah nicht nur schmutzig aus, es roch auch so. Außerdem war es so still, dass Dasgo glaubte, seinen Herzschlag hören zu können.

Mit ruhigen Schritten ging er auf den Tisch zu. Natürlich hatte sich auch auf der Platte und auf der Sitzfläche der Schemel der Staub gesammelt.

Dasgo wandte seinen Blick ab und sah sich weiter um. Viel gab es nicht mehr zu erkunden. Lediglich eine alte Truhe, die recht klein war, stand einsam in einer Ecke. Ein gewaltiges Schloss verhinderte, dass jemand Fremdes den Inhalt einsehen konnte.

Merkwürdigerweise sah sich Dasgo erst nach allen Seiten um, bevor er sich auf die Knie sinken ließ, so als wenn er befürchtete, er könne beobachtet werden, was vollkommener Unsinn war. Schließlich schalt er sich selber einen Narren und versuchte, die Truhe zu öffnen. Allerdings hatte er dabei keinen Erfolg. Die Truhe blieb das, was sie bereits seit vielen Jahren war: verschlossen.

Beinahe enttäuscht richtete sich Dasgo wieder auf, drehte sich einmal im Kreis und klopfte dabei den Staub von seiner Kleidung, dann ging er zurück zur Treppe, um wieder nach unten zu gehen. Er erwischte sich dabei, wie er schon fast die Stufen hinunter rannte, denn er hatte plötzlich das Gefühl in diesem Gemäuer erdrückt zu werden und keine Luft mehr zu bekommen. Als er dann wieder im Freien war, atmete er ein -, zweimal tief ein und aus.

Dasgo verließ den schattigen Vorplatz und trat vollends in die Mittagssonne hinaus. Bald wurde im klar: Dieser Felsen hier hatte ihm fürs Erste das Leben vor dem tobenden Kristallmeer gerettet, doch er würde auch sein Begräbnis werden, denn dieser Fels war praktisch ein Gefängnis. Er musste einen Weg finden, von hier fortzukommen!

Der Entschluss

Dasgo beobachtete aus müden Augen, wie die Sonne langsam ihre Tagesreise beendete und die weißen, dünnen Wolkenfetzen in ein rosa bis rotes Flammenmeer tauchten.

Es gab Gegenden, dort erzählte man sich, dass dies ein Zeichen für eine zukünftige Schlacht war, die ausbrechen würde. Dasgo glaubte nicht daran.

Der restliche Tag war nicht sehr aufregend gewesen. Beinahe ununterbrochen hatte Dasgo darüber nachgedacht, wie er wieder von hier fortkommen wollte.

Er war zu dem Schluss gekommen, dass ihm wohl nichts anderes übrig blieb, als zu schwimmen. Die traurige Wahrheit war einfach, dass er rein gar nichts mehr zu verlieren hatte. Blieb er hier oben, dann war das sein sicherer Tod. Er war vielleicht vor den heftigen Wassermassen des Kristallmeeres sicher, aber nicht vor der Hitze, die jeden Tag währte, oder vor dem Hunger, der sich schon jetzt in seinem Magen bemerkbar machte. Außerdem hatte Dasgo einen heftigen Durst, sodass sich seine Zunge schwer und unangenehm rissig anfühlte.

Nein, dachte Dasgo, hier würde er es höchstens noch zwei Tage aushalten, länger nicht.

Noch einmal war er in die Ruine eingestiegen, um sie nach möglichen Ess - oder Trinkbarem zu durchsuchen. Seine geringe Hoffnung hatte sich sofort zerschlagen. Auch bei der zweiten Besichtigung war ihm nicht mehr als beim ersten Mal aufgefallen. Erneut hatte Dasgo versucht, die Truhe zu öffnen, hatte es aber wieder nicht geschafft, obwohl er wesentlich grober zu Werke gegangen war als beim ersten Mal. Dasgo wusste nicht wieso, doch hatte er das Gefühl, dass ihr Inhalt von einem hohen Wert war.

Wertvoll für ihn selber!

Er konnte sich dieses Gefühl nicht erklären, aber während dieses Tages waren seine Gedanken immer wieder zu dieser Truhe hinüber gewandert. Und auch jetzt, als Dasgo erneut daran dachte, verspürte er einen heftigen Drang, einfach aufzustehen und wieder in die Ruine zu laufen, um die Truhe zu untersuchen. Fast schon automatisch wandte er sich zu der Ruine um. Er konnte sie gut erkennen, denn er hielt sich auf dem beschatteten Platz direkt davor auf, was zu der jetzigen späten Stunde nicht viel brachte. Die Sonnenstrahlen waren inzwischen so tief, dass der gesamte Platz in ein golden warmes Licht getaucht wurde. Ohne zu wissen warum, stand Dasgo auf und verließ den Platz in Richtung Klippe, entfernte sich also sogar von der Ruine.

In diesem Moment fasste er einen Entschluss. Er würde, sobald es dunkel werden würde, den Felsen hinabklettern und Richtung Westen schwimmen. Er wusste, dass er auf kurz oder lang auf eine große Insel stoßen würde. Adrohlan hieß sie. Sie war mit viel Wald bewachsen, allerdings beherbergte diese Insel auch insgesamt drei kleine Dörfer. Diese Insel befand sich sehr weit im Westen, gehörte aber trotzdem zu Aratras.

Zumindest hoffte Dasgo, dass dem so war, denn die Insel Adrohlan kannte er nur aus alten Texten oder Büchern. Sein Lehrmeister hatte darauf bestanden, dass er lesen lernte. Er hatte gemeint, es würde ihm einen enormen Vorteil bringen, da sie in einer Zeit lebten, in der Lesen und Schreiben nicht selbstverständlich war. Außerdem wäre es schwerer für andere, ihn zu täuschen, und Lembrix hatte bis heute Recht behalten.

Er musste es einfach riskieren, bis nach Adrohlan zu schwimmen. Wenn er es nicht schaffen würde, dann war es so. Vielleicht wäre das die gerechte Strafe dafür, dass er für Dragonits Tod verantwortlich war. Bei diesem Gedanken zog sich sein leerer Magen krampfhaft zusammen. Er würde sich diesen Fehler wahrscheinlich nie mehr wieder verzeihen.

Dasgo kämpfte diese Gedanken zurück und begab sich zum überdachten Platz. Es gab noch einiges zu überdenken, bevor er aufbrach.

Das weite Kristallmeer

Es dauerte nicht mehr lange, da blitzten nur noch ein paar vereinzelte, einsame Strahlen der Sonne am Horizont und ließen ein Tuch aus dämmriger Dunkelheit zurück. Auch die blutgetränkten Wolken verloren allmählich an Farbe und wurden, mit dem Verschwinden der Sonne, immer dunkler.

Das Brausen des Kristallmeeres war jetzt noch lauter und deutlicher zu hören. Als Dasgo an der Klippe stand und hinabsah, stellte er beunruhigt fest, dass es noch unruhiger geworden war. Dasgo rief sich in Gedanken einen Narren. Erst gestern war er ebenfalls durch dieses Meer geschwommen und hatte auch überlebt. Er hatte nun einen geringen Vorteil, dass er sich zumindest gedanklich darauf vorbereitet hatte und genau wusste, wo lang er schwimmen musste.

Adrohlan war das Ziel!

Was er tun würde, wenn er vom Weg abkam, darüber machte er sich besser keine Gedanken.

Allerdings sollte er das vielleicht, denn das Wasser war schließlich alles andere als ruhig und da konnte es gut sein, dass er die Richtung verlor.

Dasgo schüttelte heftig den Kopf. Solcherlei Überlegungen brachten einfach nichts. Sie würden ihn nur verrückt machen. Er musste das jetzt durchziehen. Auch wenn die Gefahr bestand, dass er bei diesen Vorhaben starb.

Dasgo atmete noch einmal tief durch, dann machte er sich daran, die Klippe vorsichtig hinabzuklettern. Im ersten Moment war er überrascht um, wie vieles es leichter ging als den Weg hinauf. Doch als er hinabsah, wurde ihm sofort schwindlig. Dasgo bemühte sich darum, nicht nach unten zu sehen und somit verzögerte sich der Abstieg doch etwas. Als er fast am Fuße des Felsens angekommen war, fasste er noch einmal allen Mut zusammen und sprang ins Wasser. Das Wasser war eisig, und nachdem sein Körper vom ganztägigen Sonnenschein noch recht erwärmt war, trieb es ihm sofort die Luft aus den Lungen, sodass er augenblicklich an die Oberfläche schwamm, um den kostbaren Sauerstoff einzuatmen.

Dasgo schwamm mit kräftigen Bewegungen, doch er kam kaum gegen die Gewalt des Wassers an. Auch wenn er gerade Glück hatte und das Wasser genau in Richtung Westen floss, war es trotzdem sehr anstrengend und er musste seine Kräfte sparen und mobilisieren, um nicht einfach zu ertrinken.

Sehr bald merkte Dasgo, dass es gar nicht so klug gewesen war, bis zum Dunkelwerden zu warten. Mit der Nacht kam auch die Kälte, dies merkte er bereits nach ein paar Minuten. Auch wenn er sich viel im Wasser bewegte, kroch ihm die Kälte doch in die Knochen und ihm schmerzten die Glieder.

Dasgo hustete Wasser aus, als er von einer von hinten kommenden Welle unter die Wasseroberfläche gedrückt wurde. Hätte er doch lieber bis zum nächsten Morgen gewartet. Der Himmel hatte sich inzwischen mit Wolken zugezogen, sodass nicht mal Sterne und Mond Licht spenden konnten, somit lag das Meer wie eine schwarze, tobende Masse vor ihm.

Dasgo schwamm, ohne das er hinterher noch hätte sagen können, wie lange oder wohin eigentlich. Auch kam Adrohlan nicht in Sicht. Er war vollkommen am Ende seiner Kräfte und alles, was er sah, waren Wassermassen über Wassermassen. Panik machte sich in ihm breit. Mit aller Macht zwang er diese nieder und schwamm weiter. Wenn er jetzt aufgab, dann war das sein Ende. Er würde ertrinken und einfach zum Grund des Kristallmeeres sinken. Wenn er in Bewegung blieb, würde er wach und zumindest soweit munter bleiben, um weiter durchzuhalten.

Nach einer Weile, die Dasgo wie eine halbe Ewigkeit vorkam, blickte er hinauf zum finsteren Himmel. Die Wolken waren zumindest teilweise weitergezogen und somit bekam Dasgo ein paar Sterne und einen Teil des silbern strahlenden Mondes zu Gesicht. Als sich urplötzlich ein dunkler, huschender Schatten davor schob, erschrak Dasgo, denn er erkannte sofort, um was es sich handelte.

Es war ein Drache!

Ob er aus Minath kam, konnte er natürlich nicht erkennen, doch das, was ihm Sorgen bereitete war, ob er gesehen werden konnte.

Dasgo holte tief Luft, tauchte unter Wasser und machte vier kräftige Schwimmbewegungen und brach dann wieder unter der Wasseroberfläche hervor, in der

Hoffnung so dem Blick des Drachenreiters zu entgehen. Doch seine Besorgnis war vollkommen unbegründet, denn der Drache stieß kurz einen Schrei aus, wechselte dann aber die Richtung und flog davon. Wahrscheinlich hatte dies überhaupt nichts mit ihm zu tun und seine überreizten Nerven spielten ihm nur einen Streich.

Dasgo ignorierte diese Gedanken und konzentrierte sich wieder auf sein Ziel, das es zu erreichen galt. Leichte Enttäuschung vernahm er, als er Adrohlan noch immer nicht erblickte. Dasgo wusste, dass der Weg zu dieser Insel recht weit war, doch für einen Mann, der körperlich fit und Anstrengung gewöhnt war, war dies zu schaffen. Es gab für ihn sowieso keine andere Möglichkeit.

Dasgo wusste nicht, wie lange er schwamm. Immer wieder wurde er von Wellen unter Wasser gedrückt. Auch wenn das Wasser mal zeitweise etwas ruhiger war, war es doch eine unberechenbare Naturgewalt, gegen die man nicht wirklich ankam. Schließlich war es noch immer dunkel, aber er musste doch schon einige Stunden geschwommen sein als vor ihm, in weiter Ferne ein verwaschener, kaum wahrnehmbarer, schwarzer Fleck auftauchte.

In Gedanken triumphierte Dasgo. Nur noch der reine Wille ließ ihn diese immer gleiche Schwimmbewegung ausführen und es hatte sich gelohnt.

Adrohlan war in Sicht!

Adrohlan

Als Dasgo die Augen öffnete, nahm er als Erstes eine unangenehme Hitze wahr, die seinen gesamten Körper einhüllte.

Er stöhnte leise, blinzelte die Tränen fort, die ihm die Helligkeit in die Augen trieb, und richtete sich vorsichtig auf.

Zuerst konnte er gar nicht genau fassen, was er sah.

Er lag an einem großen Strand. Der Sand strahlte in einem prachtvollen, hellen Braun und das Wasser des Kristallmeeres trug leichte Wellen ans Ufer heran, was ein angenehmes Rauschen in seinen Ohren hinterließ.

Unschlüssig stand Dasgo auf. Sein gesamter Körper brannte, gerötet von der heißen Sommerhitze. Allerdings waren seine Verbrennungen des Drachenfeuers noch nicht vollends zurückgegangen. Vermutlich würden ihm vereinzelte Narben bleiben.

Er konnte sich nicht erinnern, die Insel tatsächlich erreicht zu haben. War das hier Adrohlan oder doch eine andere Insel?

Prüfend ließ Dasgo seinen Blick schweifen. Er erkannte viel Grün, genau, wie es für Adrohlan üblich war. Wenn man den Büchern trauen durfte, die darüber berichteten, hieß das.

Innerlich nickte Dasgo. Ja, er war tatsächlich am Ziel. Er hatte es geschafft. Das musste Adrohlan sein!

Er ließ sich noch einmal in den Sand nieder, um Kraft zu tanken. Im Sitzen blickte sich Dasgo noch einmal um. Gar nicht weit von ihm entfernt bemerkte er einen großen Wald. Ihm würde wohl nichts anderes übrig bleiben als diesen zu durchschreiten, denn von seinem jetzigen Standpunkt aus sah er nichts anderes außer grün.

Noch einen Moment blieb Dasgo hocken, dann stand er auf und begab sich zu dem Wald hinüber, in der Hoffnung schnell auf Einwohner zu treffen, die etwas zu Essen für ihn hatten. Dasgo hatte keinerlei Proviant bei sich und er hatte nach der zurückliegenden Anstrengung einen großen Hunger.

Sofort merkte Dasgo, wie ihn eine angenehme, schattige Kühle einhüllte. Vor allem seiner verbrannten Haut tat dies sehr gut.

Der Wald, durch den er sich bewegte, hatte mehr den Namen Dschungel verdient, denn Dasgo merke sehr bald, dass die Luft weiter im Innern feuchter wurde. Zuerst nahm er es kaum wahr, doch bald wurde das Luftholen immer unangenehmer. Auf seiner Kleidung bildeten sich recht bald dunkle Schweißflecke und auf seiner Stirn bildete sich ein Netz aus feinen Schweißtropfen.

Plötzlich vernahm er ein Geräusch aus der Ferne. Ohne zu wissen warum, huschte Dasgo hinter einen nahestehenden Baum und wartete, was geschah. Sofort fragte er sich, weshalb er sich überhaupt versteckte. Schließlich war sein Ziel ja, Menschen zu erreichen. Er hatte nichts Schlimmes getan. Dennoch hielt er es für besser, versteckt zu bleiben.

Dasgo musste nicht lange warten und es traten zwei Männer in ein paar Schritten Entfernung in sein Blickfeld. Sie trugen abgetragene Kleidung und hatten die Oberkörper frei. Diese waren von der Sonne gebräunt und an den Hosen trugen sie ein säbelähnliches Messer.

»Das Vieh hat sich hier langgeschleppt, ich schwöre es!«, sagte der hintere Mann energisch und fuchtelte aufgeregt mit seinem Messer, mit dem er sich hin und wieder einen Weg durch das Unterholz bahnte, in der Luft herum.

Sein Begleiter drehte sich halb zu ihm herum. »Und wo war es genau?« Als er die Worte aussprach, klang er nicht wirklich interessiert.

Es dauerte eine Weile, bis eine Antwort fiel. »Ich denke dort drüben«, seine Stimme war eindeutig unsicher und der zweite Mann zog skeptisch eine Augenbraue hoch. »Olon, wenn das ein Scherz sein soll, du weißt, was dann passiert …«

Olon hob verteidigend die Hände, den Säbel allerdings noch in der Hand. »Ehrlich, Bedon, der Drache war hier im Wald. Er hat sich hier entlang geschleppt.«

Bedon wandte sich wieder von Olon ab, sah zu der Stelle hin, zu der Olon gedeutet hatte, und zupfte sich an der Unterlippe. Dann fing er an zu lachen.

»Olon, du bist wirklich lustig, weißt du das? Wie sah der Drache aus, hast du gesagt? Weiß? Du bist ein Träumer! Weiße Drachen lebten zuletzt vor Tausenden von Jahren. Sie sind ausgestorben.«

Dasgo konnte ein leises Keuchen nicht unterdrücken. Was hatte er gesagt? Dieser Olon soll einen weißen Drachen gesehen haben? Dann war Dragonit vielleicht hier im Wald. Das wäre ein unglaubliches Glück. Interessiert wartete er ab und beobachtete, was weiter geschah.

Olon hatte inzwischen seine Hände wieder sinken lassen und sie liefen langsam weiter. »Aber vielleicht sind sie nicht alle ausgestorben«, schob Olon die Antwort verzögert nach, sodass sich Bedon erneut zu seinem Kameraden herumdrehte. »Es ist jetzt genug! In Aratras gibt es nur noch sehr wenige Orte, an dem Drachen leben. Die schwebende Stadt Minath ist der Hauptort.«

Nun fiel ihm Olon beinahe ins Wort. »Aber früher wurde Aratras von Drachen bewohnt. Der ganze Kontinent war voll von ihnen. Drachen sind sozusagen unsere Vorfahren.«

Wieder lachte Bedon und Dasgo sah ihm deutlich an, dass er zu einer entsprechenden Entgegnung ansetzen wollte, es dann aber doch sein ließ.

Die beiden liefen weiter, schlugen immer wieder mit ihren Säbeln auf Gestrüpp und Unterholz ein und Dasgo musste achtgeben, sie nicht aus den Augen zu verlieren. Vielleicht führten sie ihn direkt zu seinem Drachen. Welches Geheimnis barg sein weißer Drache? War wirklich etwas daran, dass die weißen Drachen vor Tausenden von Jahren auf Aratras gelebt hatten? Immerhin war Dragonit in Minath sehr begehrt gewesen. Die Drachenreiter aus Minath hatten ihn auch nur deshalb festgehalten. In diesem Moment merkte Dasgo, wie wenig er eigentlich über seinen Drachen wusste. Er schwor sich, sollte Dragonit tatsächlich noch leben, würde er alles daran setzen, so viel über ihn herauszufinden, wie er nur konnte!

Dasgo huschte hinter dem Baum hervor und machte sich daran, den beiden Männern zu folgen, die sich immer energischer den Weg freischlugen. Was würde geschehen, wenn sie Dragonit fanden? Für Dasgo war es unmöglich darauf zu antworten. Wenn es nur möglich wäre, Dragonit vor den beiden zu finden. Vorausgesetzt es stimmte, was dieser Olon erzählt hatte. Sicher konnte er da leider nicht sein.

Dasgo flitzte von Baum zu Baum, von Deckung zu Deckung, um bloß nicht bemerkt zu werden. Dabei achtete er sorgfältig darauf, sich mit keinem Geräusch bemerkbar zu machen. Vielleicht war diese Vorsicht auch vollkommen unbegründet, immerhin hatten diese Männer Säbel in der Hand und sie machten Jagd auf seinen Drachen. Doch dann kam der Moment, in dem Dasgo sich wegen verräterischer Geräusche keine Sorgen mehr machen brauchte, denn plötzlich ertönte ein ohrenbetäubendes Gebrüll und er sowohl die beiden Männer weiter vorne fuhren heftig zusammen und sahen sich gehetzt um.

Dasgo zögerte nur einen weiteren Sekundenbruchteil, dann sprang er hinter dem Baum hervor, der ihm zuvor noch als Schutz gedient hatte und rannte in Richtung des Geräusches. Es war unverkennbar: Diesen Schrei hatte sein Drache ausgestoßen. Wahrscheinlich war er in Gefahr oder sogar verletzt. Oder beides!

Dasgo schob diese Gedanken beiseite und sprang über eine aus dem Boden ragende Wurzel hinweg.

Immer wieder warf er Blicke über die Schulter, konnte aber im ersten Moment keine Verfolger feststellen. Was Dasgo nicht wissen konnte, war, dass diese Insel seit ihrer Geburt ihre Heimat war und sie sich in diesem Wald auskannten wie in ihrem Münzbeutel. Sie nahmen einen kürzeren Weg.

Es dauerte nicht lange und Dasgo erreichte eine schmale, schattige Lichtung und auf dem Boden sah er Dragonit, seinen Drachen. Er hatte die treuen Augen geöffnet und diese fixierten Olon und Bedon, die mit kampfbereiten Säbeln vor ihm standen.

»Hab ich es dir nicht gesagt?«, sagte Olon triumphierend. »Siehst du diese Spur dort drüben? Da ist er hergekommen.«

Olon deutete mit seinem Säbel auf eine Stelle auf der anderen Seite der Lichtung. Dort war tatsächlich eine Schleifspur. Gras war dort ziemlich platt und an manchen Stellen sogar ausgerissen.

Bedon nickte mit einem schiefen Grinsen im Gesicht. »Gut, du hast tatsächlich Recht gehabt«, gab er zu. »Die Frage ist nur, wie kommt dieser Drache hierher?«

Olon fuchtelte energisch mit seinen Armen. »Das ist doch völlig egal. Das Vieh ist verletzt. Morgen stirbt er so wie so. Bereiten wir ihm einen angenehmen Tod. Oder vielleicht treiben wir einen Händler auf, der uns viel Geld anbietet.«

»Das werdet ihr nicht!«

Dasgo hatte laut und deutlich gesprochen und seine Worte schienen mit einem langanhaltenden Echo über die Lichtung zu wandern. Die beiden Männer hatten ihn in ihrer energischen Unterhaltung offenbar gar nicht gehört.

»Wer bist du?«, fragten beide wie aus einem Munde, nachdem sie sich wieder gefasst hatten.

Nun trat Dasgo langsam und mit ruhigen Schritten auf die beiden zu und ließ sie keine Sekunde aus den Augen, für den Fall, dass sie sich dazu hinreißen lassen würden anzugreifen.

»Ich bin jemand, der nicht zulassen wird, dass ihr diesem Drachen Schaden zufügt!«

Nun lachte Olon, doch es klang sehr unsicher. Mit seiner freien Hand deutete er auf Dragonit. »Sieh dir den Drachen doch an. Ganz egal was ihm passiert ist: Er überlebt vielleicht noch ein paar Stunden.

Selbst meine kleine Tochter wurde gegen diesen Drachen gewinnen.«

Dasgo ging nicht auf seine Worte ein, sondern funkelte ihn nur wütend an. »Was mit diesem Drachen geschieht, hast du nicht zu entscheiden!«, sagte Dasgo laut und entschieden und unterstrich seine Worte noch mit einer energischen Geste. Dann ging er zu Dragonit hinüber. Seine Nervosität versuchte er dabei, so gut es ging, zu überspielen. Er hoffte inständig, dass ihm das gelang.

Bei Dragonit angekommen ging er vor ihm auf die Knie und berührte seinen Kopf. Sofort, als er in seine Augen sah, wusste er, dass es um die Gesundheit nicht gut bestellt war. Überhaupt war es ein Wunder, dass Dragonit es bis zu dieser Insel geschafft hatte. Dasgo zweifelte nicht daran, dass er rein zufällig hier angekommen war.

Mit einem prüfenden Blick besah sich Dasgo seinen gesamten Körper. Schockiert stellte er fest, dass sein Drache an vielen Stellen Wunden trug. Wunden von Pfeilen der Drachenreiter aus Minath.

Dragonit stieß ein schwaches, erkennendes Schnauben aus und sah Dasgo in die Augen. Er erkannte ihn, dies merkte Dasgo sofort.

Dasgo konnte nicht anders. Plötzlich flammte in ihm eine solche Wut auf, dass es ihm die Tränen in die Augen trieb. Es war alles seine Schuld. Wenn er etwas überlegter gehandelt hätte, wäre sein Drache noch gesund und das alles wäre niemals geschehen.

»Es sieht nicht gut aus«, stellte Dasgo überflüssigerweise fest und sah zu den beiden Männern, die stumm hinter ihm standen auf.

»Dieser Drache braucht Hilfe«, fügte Dasgo hinzu und nun liefen ihm tatsächlich Tränen aus den Augen.

Bedon kniete sich neben ihm nieder und sah Dasgo durchdringend an. »Du kennst diesen Drachen, habe ich Recht?«, fragte Bedon schließlich, doch diese Frage hätte er auch ungefragt lassen können, denn er hätte schon blind sein müssen, um nicht zu erkennen, was hier los war.

Zuerst machte sich Betroffenheit auf dem Gesicht Dasgos breit, dann schließlich nickte er abgehackt und wischte sich die Tränen fort. »Ja, es stimmt«, sagte er dann. »Er ist mein Drache. Das ist Dragonit und es ist meine Schuld, dass er im Sterben liegt.« Dasgo schrie diese Worte förmlich hinaus. In diesem Moment wünschte er sich, er wäre niemals Drachenreiter geworden. In dieser Sekunde war er der festen Überzeugung, dass er es einfach nicht würdig war, ein Drachenreiter zu sein.

Auf Bedons Gesicht machte sich plötzlich Betroffenheit breit, dann fasste er Dasgo mitfühlend bei der Schulter. Aus den Augenwinkeln bemerkte er, wie Olon nur nervös von einem Bein aufs nächste trat.

»Was ist mit ihm passiert?«, fragte er ruhig und nickte Dragonit kurz zu.

Dasgo ließ sich nun vollends zu Boden sinken und musste sich erst einmal fassen. Er war schon ewig nicht mehr so aufgelöst gewesen, doch diese ganze Situation war wohl etwas zu viel für ihn. Dabei war er eigentlich ein Mann, der viel verkraftete.

Dasgo schüttelte nur entschieden den Kopf. »Nicht jetzt«, sagte er bestimmt, »wir müssen meinem Drachen helfen.«

Bedon nickte entschieden. »Solange noch Leben in ihm ist, sollten wir es versuchen.«

Auch wenn Dasgo erkannte, dass Olon ein verwirrtes Gesicht aufsetzte, nickte er doch dankend und richtete sich auf, um die Verletzungen seines Drachen genauer zu untersuchen. Was er sah, stimmte ihn nicht gerade fröhlich. Dragonit hatte viele Einschusslöcher, in denen die Pfeile eingeschlagen waren. Sie bluteten nicht mehr, dennoch mussten sie sehr schmerzhaft sein. Weiter stellte er fest, dass die ledrige Haut eines Flügels eingerissen war und dieser leicht abgespreizt war. Vielleicht war er gebrochen.

»Ich denke, er wird es schaffen«, sagte Dasgo entschieden. Auch wenn es sich in diesem Moment sehr optimistisch anhörte, fühlte er etwas Anderes.

Bedon und Olon, dieser hatte sich inzwischen mit dazu gesellt und ebenfalls den Drachen untersucht, sahen ihn mit einem fragenden Blick an.

Dasgo nickte munter, wie um seine Worte Nachdruck zu verleihen. »Dragonit ist nicht nur ein seltener Drache, sondern auch sehr stark. Er wird es schaffen!«

Dasgo ging noch einmal vor Dragonit auf die Knie und tätschelte ihm den Kopf. »Dragonit, was passiert ist, tut mir unglaublich leid. Wir kriegen dich wieder hin und dann bist du wieder gesund.«

»Gibt es hier in der Nähe einen Heilkundigen?«, fragte Dasgo schließlich.

Bedon und Olon sahen sich kurz an, dann nickten sie beide unsicher. »Ja gibt es«, sagten sie. »In Irintra gibt es einen. Er kennt sich gut mit Heilkräutern aus.«

Dasgo nickte etwas ungeduldig. »Gut, wie weit ist das von hier?«

Sie schienen einen Moment zu überlegen, dann sagte Bedon: »Nicht sehr weit. Wir kommen selber von da. Ich führe dich hin.«

»Na dann los!«, sagte Dasgo und ließ Bedon den Vortritt, während Olon auf Dragonit achtgab.

Er hoffte insgeheim, dass er den beiden Männern vertrauen konnte.

Der Heilkundige Araz

Dasgo und Bedon waren noch immer unterwegs, als es im Wald bereits schattiger wurde.

Immer wieder fragte Dasgo, wie weit der Weg noch war. Er war nervös und er hatte das Gefühl, es wären bereits Stunden vergangen, doch in Wahrheit liefen sie gerade mal eine knappe Stunde.

»Wir haben das Dorf gleich erreicht«, sagte Bedon, während er einen Ast vom Baum zur Seite bog, um sich daran nicht das Gesicht zu zerschrammen.

Genervt verzog Dasgo das Gesicht, denn genau dieselbe Antwort hatte er bisher jedes Mal bekommen. Er verkniff sich jeden Kommentar und folgte seinem Begleiter einfach stumm.

Schließlich, als es schon fast vollkommen dunkel war, erreichten sie das Dorf Irintra. Es befand sich mitten im Wald und die Häuser, soweit das Dasgo erkennen konnte, waren praktisch Baumhäuser, aus dessen niedrigen Eingängen ein flackerndes, goldgelbes Licht drang.

Nachdem Dasgo seinen Blick schweifen gelassen hatte, fragte er Bedon in Flüsterton: »Und wo hält sich euer Heilkundiger auf?«

Bedon drehte sich zu ihm um, ehe er ebenso leise sagte: »Die Einwohner unseres Dorfes sind nicht gut auf Fremde zu sprechen. Ich schlage vor, du wartest hier und ich regele alles.«

Bevor Dasgo überhaupt zu einer Antwort ansetzen konnte, wandte sich der junge Mann um und huschte zu einem nahegelegenen Baumhaus hinüber.

Dasgo gefiel es gar nicht, einfach hier in der Dunkelheit zu warten. Irgendwie war ihm das Ganze etwas unheimlich. Er machte sich Sorgen um seinen Drachen und in seinem Kopf entstanden schon Dutzende von besorgten Gedanken, die teilweise vollkommen unrealistisch waren. Was war, wenn Dragonit bereits gestorben war? Oder, wenn der Heilkundige aus Irintra ihm nicht helfen konnte oder wollte?

Dasgo zwang diese Gedanken mit einer enormen Willensanstrengung zurück und kämpfte um einen klaren Verstand. Es brachte gar nichts, sich jetzt verrückt zu machen.

Es dauerte nicht lange, da kam Bedon in Begleitung eines Mannes zurück. Schon aus der Ferne erkannte Dasgo, dass der Begleiter nicht mehr der jüngste Mensch war, was allerdings nichts Schlechtes aussagte.

Mit einem zufriedenen Ausdruck auf dem Gesicht stellte Bedon den Heilkundigen vor: »Das ist Araz, der Heilkundige aus Irintra.«

Dasgo nickte Araz kurz zu, dabei quälte er sich etwas zu einem Lächeln, was allerdings kläglich misslang.

»Bedon hat etwas von einem verletzten Drachen gesagt, der auf dieser Insel gelandet sein soll?«, erkundigte sich Araz mit leiser Stimme. Seine Stirn legte sich dabei in Falten, so als habe er Zweifel.

Wieder nickte Dasgo. »Ja, das stimmt. Es ist ein Stück. Mich würde es freuen, wenn wir gleich aufbrechen. Bedon kann uns bestimmt hinführen.«

Araz machte ein nachdenkliches Gesicht, was sich kurze Zeit später mit Besorgnis, vielleicht sogar Angst vermischte. »Der Wald ist in der Nacht gefährlich«, sagte er dann und winkte mit seiner dünnen Hand in die Ferne. »Wir gehen niemals fort, wenn es schon dunkel ist.«

Dasgo trat energisch auf den Heilkundigen zu: »Die einzige Gefahr, die in diesem Wald existiert, ist, dass mein Drache mit dem Tod ringt. Also was ist nun? Gehen wir los oder nicht?«

Araz sah Dasgo mit großen Augen an, dann nickte er abgehackt und gab Bedon mit einem kurzen Befehl zu verstehen seinen Beutel zu holen, sodass dieser erneut ins Dorf lief und sie somit alleine zurückließ.

Dasgo bemerkte, dass Irintra vollkommen still war. Ob es nun an der späten Stunde lag oder nicht, er hörte nur gelegentlich mal etwas. Viele Einwohner schien das Dorf nicht zu haben.

Es dauerte nicht lange, da kam Bedon mit einem prallgefüllten Beutel zurück und führte sie zwei zurück in den Wald hinein.

Dasgo hatte das Gefühl noch einmal länger für den Weg zurück zu brauchen, doch dann, als Dasgo es kaum noch aushielt, erreichten sie wieder die kleine Lichtung, auf der Dragonit lag. Erfreut stellte Dasgo

98

fest, dass Olon neben dem Drachen saß und auf ihn achtgab.

Als sie drei ankamen, sprang er energisch auf und kam auf Dasgo zugelaufen. »Deinem Drachen geht es weder besser noch schlechter«, erstattete er Bericht. »Ich kenne mich ein wenig mit Kräutern aus und habe etwas für die Linderung der Schmerzen gesammelt. Es scheint zu helfen.«

Dasgo nickte ihm dankend zu, trat dann an Olon vorbei, um selber nach seinem Drachen zu sehen. Er hatte den Eindruck, als wenn Dragonit noch genau so dalag wie zu dem Zeitpunkt, als er ihn verlassen hatte. Sofort erkannte Dasgo, was Olon gemeint hatte. Jede Wunde, die Dasgo erkennen konnte, war bedeckt mit grünen Pflanzen. Er hoffte nur, dass sie auch ihre Wirkung taten.

Aus den Augenwinkeln bemerkte Dasgo das Araz an ihm vorbei trat und sich zusammen mit seinem Beutel zu Boden gleiten ließ.

»Und das ist dein Drache?«, fragte er und Dasgo glaubte, ein wenig Skepsis aus seinen Worten herauszuhören. Er nickte kurz, ehe er antwortete: »Ja, so ist es.

Araz begann damit, seinen Beutel aufzuschnüren und darin herumzuwühlen. »Das sind Verletzungen von Waffen, habe ich Recht?«, fragte der Heilkundige, als er offenbar das Richtige gefunden hatte und die Pflanzen von den Wunden entfernte.

Dasgo ging in die Knie, um genauer sehen zu können, was Araz tat. Olon und Bedon standen ebenfalls daneben. Wieder ließ Dasgo ein kurzes Nicken sehen, um Araz zu verstehen zu geben, dass er mit seiner Vermutung richtig lag.

Der Heilkundige machte sich daran, eine kleine Tube aufzuschrauben und aus einem kleinen Fläschchen etwas Flüssigkeit hineinzugeben und diese dann mit dem Finger zu vermengen. »Olon, sei so lieb und entzünde die Fackel, die sich in meinem Beutel befindet. Ich benötige etwas Licht.«

Sofort machte Olon sich daran, dem Befehl des Arztes Folge zu leisten. An Dasgo gewandt fragte Araz: »Wie ist das passiert?«

Dasgo zögerte einen kurzen Augenblick, dann begann er, in kurzen Worten zu erzählen. Als er geendet war, sah der Heilkundige in mit großen Augen an: »Du warst in Minath und bist bis hierher geschwommen?«, fragte er erstaunt und Dasgo brachte es fertig, sowohl zu nicken als auch mit dem Kopf zu schütteln. »Nicht ganz«, sagte er bescheiden. »Aus Minath bin ich erst mit meinem Drachen geflogen. Erst später musste ich schwimmen. Bis zu einem Felsen. Dort war ich einen Tag, bis ich mich entschlossen habe, bis nach Adrohlan zu schwimmen. Meinen Drachen hielt ich in dieser Zeit für tot.«

Die Augen des Heilkundigen wurden noch größer. »Du warst auf dem Tropas-Felsen«, stellte er mit einem Flüstern klar.

»Auf dem ... was?«, fragte, Dasgo, als habe er sich verhört. Araz nickte schnell. »Ja, der Tropas-Felsen. Weißt du, wer Tropas war, mein Junge?«

»Ja, ich habe von ihm gehört.«

»Tropas war der größte Drachenreiter, der je auf Aratras gelebt hat. Er hat als einziger Mensch ein Drachenfeuer überlebt,« berichtete Araz so als habe er die vorherigen Worte Dasgos gar nicht gehört.

»Das ist mir bekannt.«

Dasgo beobachtete, wie Olon mit einer nun brennenden Fackel nähertrat und sie Araz in die Hand drückte. Zwei Feuersteine hielt er noch in der anderen Hand.

»Weißt du, weshalb der Felsen nach ihm benannt ist?«, fragte Araz Dasgo, während er dabei war die Wunden mit der Paste einzureiben.

Nein, das wusste Dasgo nicht.

»Dir ist sicher das große Gebäude aufgefallen, oder? Das war Tropas Heimat. Auf diesem Felsen hat der legendäre Drachenreiter gelebt.«

»Wie lange hat er dort gelebt?«, wollte Dasgo wissen. Plötzlich war er sehr interessiert. Sein Ziel war es, genauso zu werden wie Tropas. Es war bekannt, dass dieser Reiter alles geschafft hat, was er sich vorgenommen hatte. Selbst ein Drachenfeuer, von dem alle Welt sagte, es sei unmöglich so etwas zu überleben, hatte er überlebt. Dieser Reiter faszinierte ihn.

Araz zuckte kurz die Achseln. »Das ist nicht bekannt. Überhaupt ist wenig über diesen Mann bekannt.«

»Was hat er für einen Drachen geritten?«

Plötzlich lachte Araz. »Das interessiert dich, was?«

»Ja, das tut es,« gab Dasgo zu.

Über seinen Drachen ist nahezu nichts bekannt. Es ist bekannt, dass Tropas ihn Saphirrot taufte und es war sein Drachenfeuer, dass Tropas traf.«

»Das Feuer seines eigenen Drachen?«, fragte Dasgo ungläubig und Araz nickte knapp.

»Wie es dazu kam, ist ebenfalls nicht bekannt. Alles, was man lesen kann, sind erfundene Geschichten. Manche glauben, es wäre zu einem Kampf gekommen, in dem sowohl Mensch als auch Drache starben, aber das halte ich für ein schlechtes Märchen. Und letztlich ist es auch egal. Es liegt sehr lange zurück und wir werden es nicht mehr erfahren. So oder so sind Drache als auch Reiter inzwischen verstorben.«

Plötzlich erhob sich Araz und wischte sich die Finger an seiner Hose sauber.

»Dein Drache braucht Ruhe«, erklärte er. »Ich würde vorschlagen, du bleibst die Nacht bei deinem Drachen und passt auf ihn auf.«

»Das werde ich tun«, sagte Dasgo und bedankte sich bei allen dreien für die Hilfe. Dann verließen sie

die Lichtung und ließen Dasgo und Dragonit alleine
zurück.

Entschuldigende Worte

Jetzt, als die Anspannung langsam verging, machte sich der Hunger in seinem Magen breit, was ihn unangenehm daran erinnerte, dass er seit ungefähr zwei Tagen nichts mehr gegessen hatte. Leider war Dasgo auch mit nichts außer seinen Kleidern auf die Insel gekommen. Was hätte er auch mitnehmen sollen? Immerhin war er Stunden durch das wilde Kristallmeer geschwommen. Mit Proviant wäre das gar nicht möglich gewesen.

Dasgo legte sich auf die Seite und beobachtete Dragonit. Sein Drache lag still und hatte die Augen halb geschlossen. Auch wenn er einen unglaublichen Hunger verspürte, war er doch sehr aufgewühlt. Er hatte einen ganzen Tag auf Tropas` Felsen verbracht und hatte sogar das Gebäude, in dem dieser gelebt hatte, betreten. Das fühlte sich unglaublich an!

Saphirrot!

Dasgo fragte sich öfter, ob dieser Drache vielleicht doch noch lebte. Tropas hatte vor Jahren gelebt. Es war ausgeschlossen, dass er noch am Leben war, aber sein Drache. Das wäre doch möglich!

»Das, was passiert ist, tut mir leid, mein Freund«, sagte er leise zu Dragonit. »Du wärst durch meinen Fehler fast ums Leben gekommen. Das war unverantwortlich. Ich hoffe, du kannst mir das verzeihen.«

Dragonit ließ ein leichtes Schnauben hören und rückte mit dem Kopf etwas näher zu Dasgo heran, um ihn mit der Schnauze zu berühren.

In diesem Moment wurde sich Dasgo erneut bewusst, dass er noch viel lernen musste, wenn er so wie Tropas werden wollte. Auch wenn wenig über ihn bekannt war, wusste er doch, dass er zweifelsohne ein großartiger Drachenreiter gewesen war. Immerhin besaß die Stadt Minath eine Statue von ihm.

Dasgo blickte noch einen Moment hinauf zum Himmel, an dem keine Wolke zu sehen war. Trotzdem blieb der Mond aus, aber viele Sterne schickten schwaches, silbernes Licht auf die Insel hinab. Es dauerte nur noch einem Moment, da fielen Dasgo die Augen zu und er schlief ein.

Hungrig

Als Dasgo das nächste Mal die Augen aufschlug, zeigte sich die Sonne bereits hinter den östlichen Bergketten und vertrieb somit langsam die Dunkelheit der Nacht.

Das Erste, an das er dachte, war Dragonit! Der Drache lag noch immer neben ihm, hatte aber den Kopf von ihm abgewandt und schien zu schlafen. Immerhin konnte er sehen, wie sich sein Brustkorb im langsamen Rhythmus hob und senkte. Dasgo war zufrieden. Er würde es schaffen. Ganz bestimmt.

Sofort richtete sich Dasgo auf, um nach den Wunden zu sehen, konnte aber auf dem ersten Blick keine bemerkenswerte Verbesserung feststellen. Trotzdem war Dasgo nicht enttäuscht. Sein Drache brauchte etwas Ruhe und die Verletzungen Zeit zum Heilen.

Plötzlich vernahm er aus der Ferne ein Geräusch und Dasgo fuhr erschrocken herum. Zuerst erkannte er nur ein leichtes Rascheln des Gestrüpps, aber dann bemerkte er den alten Mann, der mit etwas unsicheren Schritten auf die Lichtung zukam.

Araz wirkte etwas müde und er trug außerdem einen Stock bei sich. Dasgo war sich nicht sicher, ob er diesen am Abend zuvor auch schon dabei gehabt hatte. Er zuckte die Achseln, denn es war ja auch unwichtig.

Araz grüßte Dasgo freundlich, setzte seinen Beutel ab und sah sich sofort Dragonit an, um etwas zu seinem Zustand sagen zu können. Es dauerte einen Moment, dann hellte sich sein Gesichtsausdruck auf und er wirkte zufrieden. Dasgo teilte er genau das mit, was er selber auch schon vermutet hatte.

Araz öffnete seinen Beutel und holte die Tube vom gestrigen Abend hervor. Er reichte Dasgo etwas zu essen. Ein großes, knuspriges Stück Brot, etwas trockenes Fleisch, Käse und einen dünnen Ledersack mit Wasser. Dies erinnerte Dasgo wieder daran, wie hungrig er war und vor allem, wie lange er schon nichts mehr gegessen hatte. Dasgo bedankte sich und begann sofort, zu essen.

»Kannst du dir erklären, weshalb die Reiter aus Minath Jagd auf euch gemacht haben?«, fragte der

Heilkundige schließlich, als er mit der Versorgung von Dragonit fertig war.

Dasgo schluckte einen Bissen Brot hinunter, ehe er kurz antwortete: »Ja, ich denke schon.«

Araz sah ihn weiter erwartungsvoll an, sodass Dasgo hinzufügte: »Dragonit ist ein seltener Drache. Er gilt als beinahe ausgestorben. Dies hat man mir zumindest in Minath erzählt.«

Araz nickte langsam. »Vor vielen tausend Jahren gab es sehr viele von ihnen. Sie sind die Urdrachen, wenn man so will. Dass dieser Drache …«, er deutete mit einem Finger auf Dragonit, »… noch lebt, grenzt an ein Wunder.«

Dasgo sah Araz mit einer fragenden Miene an. »Drachen werden alt, mein Freund«, erklärte der Heilkundige weiter. »Weitaus älter als ihre Reiter, doch so alt ist sehr außergewöhnlich.«

»Das ist merkwürdig«, sagte Dasgo dann. Als Araz ihn fragend ansah, fügte er hinzu: »Ich habe Dragonit erst vor einem Jahr das Leben gerettet. Da war er noch ganz klein.«

Araz sah Dasgo zweifelnd an. »Wenn das wahr wäre, dann müsste es noch mehrere von diesen

Drachen geben! Und das ist undenkbar!« Die Worte des Heilkundigen signalisierten, dass er fest davon überzeugt war, was allerdings nicht hieß, dass es auch stimmen musste.

»Vielleicht gibt es ja doch noch mehrere von ihnen«, sagte Dasgo und in seiner Stimme schwang eine stumme Hoffnung mit. Araz sah ihn daraufhin sehr traurig an.

»Dann glauben Sie wirklich nicht, dass es noch mehr von ihnen gibt?«, fragte Dasgo und griff nach dem letzten Stück Brot.

Araz schüttelte langsam den Kopf. »Nein, mein Junge, das glaube ich nicht.«

»Aber was ist, wenn Dragonit stirbt?« Für ihn ging es nicht um die Seltenheit des Drachen, sondern um das Leben eines Freundes und das war Dragonit auf jeden Fall.

Araz zuckte nur die Achseln. »Wir können den Lauf der Dinge nicht beeinflussen. Es kommt, wie es kommt. Jeder verlässt diese Welt einmal. Ob früh, ob spät. Jeder von uns.«

Dasgo nickte, war mit dieser Antwort allerdings nicht wirklich zufrieden.

Plötzlich erhob sich der Heilkundige und sah zur Sonne, die schon deutlich über dem Horizont hing, hinüber und sein Gesicht sah freundlich aus. »Ich schlage vor, wir gehen jetzt nach Irintra. Dein Drache braucht Ruhe. Du kannst ihn ruhig etwas alleine lassen und mit mir kommen.«

Dasgo gefiel es nicht wirklich, seinen Drachen alleine zu lassen. Er ging zu Dragonit hinüber und tätschelte ihm den Kopf, sodass er ein kurzes, erfreutes Schnauben hören ließ. »Ich werde später noch einmal nach dir schauen«, sagte Dasgo und verabschiedete sich. Dann verließen Dasgo und Araz die Lichtung in Richtung Irintra.

Das Leben in Irantra

Jetzt, während der Helligkeit, kam Dasgo der Weg gar nicht mehr so weit vor, wie am Abend zuvor. Vielleicht lag das auch einfach daran, dass er ausgeruht, gesättigt und vor allem nicht mehr so riesige Sorgen mit sich herumtrug.

»Weshalb bist du Drachenreiter geworden, Dasgo?«, fragte Araz plötzlich interessiert. Über diese Frage musste Dasgo nicht lange nachdenken: »Ich möchte so werden wie Tropas«, sagte er stolz, und während er diese Worte aussprach, leuchteten seine Augen vor Begeisterung.

Araz begann daraufhin herzhaft an, zu lachen. »So etwas habe ich mir gedacht«, gestand er schließlich. »Aber sei dir bewusst, Dasgo: Auch ein Drachenreiter wie Tropas war nicht perfekt. Er hat Fehler gemacht, wie wir alle. Es ist nicht wichtig, wie viele Fehler wir machen, sondern nur, wie wir mit ihnen umgehen und das wir daraus lernen. Ich denke, Tropas hat das getan.«

Dasgo nickte. »Ich werde Dragonit nicht mehr in Gefahr bringen!«, versprach er sich laut, woraufhin Araz schmunzelte. »Mit solchen Vorsätzen wäre ich vorsichtig«, mahnte der Heilkundige. »Du weißt nicht, was die Zukunft für dich bereithält. Oft ist es nicht leicht, die richtigen Entscheidungen zu treffen. Es ist gut möglich, dass du Dragonit wieder in Gefahr bringen wirst oder umgekehrt er dich. Es ist eure gemeinsame Aufgabe, diese Gefahren zu meistern. Als Verbündete und Freunde.«

Dasgo nickte nachdenklich. Ihm wurde bewusst, dass er von Araz eine Menge lernen konnte.

»Ich mache mir unglaubliche Vorwürfe für das, was ich Dragonit angetan habe«, gestand Dasgo plötzlich. »Ich habe das Gefühl, mein Drache hat jemand Besseres verdient«.

Araz sah Dasgo ernst an. »War es denn wirklich ein Fehler, den du begangen hast?«

Sofort nickte Dasgo: »Selbstverständlich war es das.«

Araz zuckte kurz die Achseln, so, als wäre er sich da nicht so sicher. »Weißt du, manchmal müssen wir etwas riskieren, um etwas anderes zu bekommen. Wir müssen bereit sein, zu verlieren. Noch einmal: War es wirklich ein Fehler, den du gemacht hast?«

Diesmal wartete Araz nicht auf eine Antwort, sondern fuhr fort: »Was wäre mit dir und deinem Drachen geschehen, hättest du nicht angegriffen?« Der Heilkundige schüttelte den Kopf. »Mit deinem Handeln ist euch endgültig die Flucht gelungen«, stellte er klar. »Hättest du anders gehandelt, wärest du wahrscheinlich längst tot und Dragonit für irgendwelche Forschungszwecke missbraucht.«

Dasgo dachte lange über die Worte des alten Mannes nach und er musste gestehen, dass er die ganze Situation nie aus solch einer Sicht betrachtet hatte. Der Heilkundige hatte Recht.

»Dragonit ist dir nicht böse«, fuhr Araz schließlich fort. »Als ich ihn behandelt habe, habe ich eine Klugheit in seinen Augen gelesen, die mich sehr überrascht hat. Dein Drache hat dein Verhalten akzeptiert und verstanden.«

Dasgo war dem Heilkundigen sehr dankbar. Seine komplette Denkweise, die sich in den letzten Tagen sehr zum Negativen entwickelt hatte, war nun wieder die, die sie sein sollte: Eines Drachenreiters würdig.

Es dauerte nicht mehr lange und sie hatten das Dorf Irintra erreicht. Jetzt, im Hellen, sah es doch etwas anders aus als gestern bei Dunkelheit. Es war etwas größer als bisher angenommen, dennoch stimmte es, dass die Bewohner des Dorfes allesamt in Baumhäusern lebten. Einige waren sehr einfach gehalten, doch manche waren wesentlich aufwendiger und hatten sogar einen kleinen Balkon mit Pflanzen oder Beeten, soweit Dasgo das von unten erkennen konnte. Auch die Leitern, die zu den Baumhäusern hinaufführten, waren unterschiedlich. Hier waren es ganz normale Leitern aus Holz, bei anderen waren es sogar Treppen, die um den massiven Baumstamm herum, wendelförmig, in die Höhe führten.

Dasgo beobachtete, wie ein kleiner Junge gerade die Treppe hinab lief. Er wirkte dabei sehr sicher, obwohl kein Geländer zum Festhalten vorhanden war.

»Gefällt dir das Dorf?«, wollte Araz wissen und musterte Dasgo, da ihm sein staunender Gesichtsausdruck nicht entgangen war.

»So etwas habe ich noch nicht gesehen«, gestand Dasgo daraufhin. »Ich habe viel über Adrohlan gelesen und auch Irintra wurde öfters erwähnt, dennoch habe ich es mir nicht so vorgestellt.«

Plötzlich begann Araz an, zu lachen. »Das kann ich mir vorstellen«, sagte er amüsiert. »Viele Menschen wollten Adrohlan besuchen. Die Insel ist schwer zu erreichen, wegen des wütenden Kristallmeers, deshalb stellt sie als Ziel für viele eine Herausforderung dar. Nicht viele haben Adrohlan erreicht. Einige sind ertrunken, weil sie sich einfach überschätzt haben. Doch dies liegt lange zurück. Irintra war da noch lange nicht das, was es heute ist.«

»Wie seid Ihr auf diese Insel gekommen?«, fragte Dasgo verwundert.

Araz zuckte kurz die Achseln, ehe er antwortete: »Alle, die hier leben, sind nicht hierhergekommen. Wir wurden alle hier geboren.«

Mit dieser Antwort hätte Dasgo nicht gerechnet. »Dann haben praktisch all eure Vorfahren bereits hier gelebt?«, vermutete Dasgo und Araz stimmte ihm nur mit einem Nicken zu. Er führte Dasgo weiter durch das Dorf.

»Stimmt es, dass die Einwohner schlecht auf Fremde zu sprechen sind?«, fragte Dasgo, da er sich plötzlich an Bedons Worte erinnern konnte.

Araz schüttelte langsam und mit einiger Verspätung den Kopf, so als müsse er erst über die Worte Dasgos nachdenken. »Sie sind etwas skeptisch und zurückhaltend«, korrigierte er. »Aber in der Regel sind alle nett und hilfsbereit. Ich erlaube dir, so lange bei uns zu bleiben, wie du magst.«

Dasgo nahm das Angebot dankend an. Zumindest würde er so lange hier bleiben, bis sein Drache wieder bei Kräften sein würde.

»Wie ist es, auf einer abgeschiedenen Insel zu leben?«

»Ich habe hier alles, was mir wichtig ist«, antwortete Araz. »Dieser Wald, mit dem die Insel über die Hälfte bewachsen ist, gibt uns unglaublich viel. Schutz, Pflanzen und Kräuter für Medizin und Tee und östlich von Adrohlan ist ein kleines Fischerdorf. Wir treiben Handel mit ihnen, damit wir Fische bekommen.«

»Hattest du nie den Wunsch etwas anderes zu sehen?«, fragte Dasgo, der sich das Leben auf einer einzigen Insel nicht gerade abwechslungsreich vorstellte.

Araz schüttelte entschieden den Kopf. »Nein, habe ich nicht. Die Insel ist groß. Um Gehmras zu erreichen, braucht es beinahe einen Tag, wenn man gemütlich läuft.«

»Gehmras ist das Dorf, mit dem ihr Handel treibt?«, vergewisserte sich Dasgo.

Araz gab nur ein kurzes Nicken von sich, da er jemanden aus dem Wald kommen sah. »Sieh her, Dasgo. Da kommt Marie. Sie hat frischen Fisch mitgebracht.«

Dasgo folgte seinen Blick und erblickte eine junge Frau, die, mit einem großen Korb beladen, aus dem schattigen Wald gelaufen kam. Doch dann stolperte sie und stürzte zu Boden. Sie schrie erschrocken auf und ließ instinktiv den Korb fallen. Wie durch ein Wunder blieb der Inhalt drinnen und entleerte sich nicht auf dem Boden.

Dasgo eilte hinzu und reichte ihr die Hand, um ihr auf die Beine zu helfen. Als Dasgo der Frau aufgeholfen hatte, bedankte sie sich bei ihm und schenkte ihm ein nettes Lächeln. Sofort wollte sie sich nach dem Korb bücken, doch Dasgo hatte ihn bereits in der Hand und reichte ihn an sie weiter.

»Hast du dich verletzt?«, fragte Dasgo und ließ prüfend den Blick über ihren Körper wandern, auf der Suche nach möglichen Verletzungen.

»Nein, mir geht es gut, danke.«

»Das ist Dasgo. Er ist seit gestern Abend auf dieser Insel«, ergriff Araz das Wort. Marie nahm das mit einem kurzen Nicken zur Kenntnis und wandte sich mit einem kurzen dankenden Wort zum Gehen um.

»Sie ist eine sehr nette Person«, erklärte Araz, nachdem sie außer Hörweite war. »Sie muss erst Fremden gegenüber Vertrauen fassen.«

»Ja, das denke ich auch«, sagte Dasgo und blickte ihr nach.

Dasgo und Araz liefen weiter durch das Dorf, dann sagte Araz: »Marie kennt sich sehr gut mit Heilmitteln aus. Sie geht für mich in den Wald und besorgt mir das, was ich für meine Salben und Tränke benötige. Sie ist sozusagen meine Assistentin.« Araz lachte kurz, dann fiel Dasgo noch etwas ein:

»Araz, du hast gesagt, der Felsen, auf dem ich war, der Tropas-Felsen, war Tropas Heimat.«

Araz nickte kurz und sah ihn erwartungsvoll an.

Dasgo fuhr daraufhin fort: »Ich war in der alten Ruine und habe mich dort umgesehen. Ich habe eine alte Truhe entdeckt, konnte sie aber leider nicht öffnen. Vielleicht gibt mir der Inhalt mehr Informationen über ihn und seinen Drachen.«

Araz machte ein nachdenkliches Gesicht. »Es ist möglich, doch denke einmal darüber nach, ob du das Recht hast, dort hineinzusehen. Ich denke, diese Truhe ist nicht umsonst verschlossen.«

Als Araz keine Anzeichen machte fortzufahren, fragte Dasgo: »Würde es dich nicht interessieren, was in dieser Truhe ist? Tropas war ein großer Mann.«

Wieder lachte Araz amüsiert. »Doch, natürlich. Man sollte sich nur darüber im Klaren sein, wie weit man mit seiner Neugierde gehen darf. Neugier ist sowohl etwas sehr Gutes als auch Schlechtes. Neugier hat bereits Leben gerettet, aber auch Leben ausgelöscht.«

Araz brach ab und sah mit einem zufriedenen Gesicht zurück. »Marie kommt zurück«, stellte er fest.

»Was hältst du davon, wenn du sie etwas begleitest? Sie wird mir jetzt ein paar Pflanzen aus dem Wald besorgen. Das wird sicher interessant für dich.«

Dasgo stimmte mit Freuden zu. Als Marie bei ihnen angekommen war, zog Araz einen kleinen Zettel hervor, auf dem offenbar die Kräuter und Pflanzen standen, die er benötigte. Anschließend lief Marie an Dasgo vorbei und forderte ihn auf, mitzukommen. Dasgo war innerhalb kürzester Zeit erstaunt darüber, wie gut Marie sich auskannte. Oftmals deutete sie auf etwas, das für Dasgo wie ganz normales Gras aussah, dann zupfte sie es ab und legte es in einen kleinen Korb, den sie mitgebracht hatte.

»Was brauchen wir alles?«, fragte Dasgo schließlich und versuchte einen Blick auf den Zettel zu erspähen. Es stand ziemlich viel darauf.

»Viel. Allerdings werden wir das schnell haben. Es sind Pflanzen, die reichlich wachsen. Hier, sieh mal!«

Marie ging in die Hocke und zupfte ein paar gelbliche Blumen vom Boden und drückte Dasgo eine davon in die Hand. »Die sind gut gegen Schmerzen und Verspannungen«, erklärte sie und steckte sich eine in den Mund. Gleich darauf forderte sie Dasgo auf, dasselbe zu tun. Er machte es ihr gleich und hätte sie am liebsten wieder ausgespuckt. Sein Ekel musste wohl deutlich auf seinem Gesicht abzulesen gewesen sein, denn plötzlich lachte Marie amüsiert. »Ich hätte wohl sagen sollen, dass sie etwas bitter schmecken. Oft legen wir sie ins heiße Wasser und trinken sie, das macht es nicht so schlimm. Allerdings ist die Wirkung der Pflanze intensiver, wenn man sie gleich so zu sich nimmt.«

Schade, dass Dasgo im Moment keine Schmerzen oder Verspannungen hatte, vielleicht hätte er dann schon etwas gespürt.

Nachdem Dasgo die Pflanze runtergeschluckt hatte, setzten sie ihren Weg fort.

»Den Einwohnern aus Gehmras bringen wir öfter Heilmittel, damit wir von ihnen Fisch bekommen,« erklärte Marie.

»Wieso geht ihr nicht selber fischen?«, wollte Dasgo wissen, woraufhin Marie ihn nur verwundert ansah. »Jeder auf dieser Insel hat seine Aufgaben«, gab sie zurück. »Wir helfen uns gegenseitig.«

»Und es gab noch nie Ärger?« Dasgo war da etwas skeptisch.

Marie nickte sofort. »Doch natürlich gab es den. So wie das bei dir wahrscheinlich auch ist. Wir lösen diesen Ärger eben, bis es wieder in Ordnung ist. Araz ist so ziemlich der Einzige auf dieser Insel, der so gute Heilmittel mit Pflanzen und Kräutern herstellt. Somit sind viele von ihm abhängig. Daher wagen es viele gar nicht, großen Widerstand zu leisten.«

»Aber du verstehst auch was davon, habe ich Recht?«

Marie schmunzelte. »Ja, ich sehe Araz ab und zu bei der Arbeit zu. Da lernt man natürlich das ein oder andere. Und ich denke, Araz kann auch ein wenig Unterstützung gebrauchen. Er ist nicht mehr der Jüngste.«

Marie bückte sich nach einer neuen Pflanze.

»Wo kommst du eigentlich her, Dasgo?«, wollte sie plötzlich wissen und Dasgo erzählte es ihr. Sie machte große Augen, da sein Heimatort doch ein Stück von Adohran entfernt war. Als sie allerdings nach dem Grund fragte, weshalb er hier war, winkte

Dasgo freundlich ab. Er wollte nicht wieder alles durchkauen.

Eine Stunde später waren sie mit allem, was auf Araz` Liste stand, zurück und der Heilkundige war sichtlich zufrieden mit der Arbeit.

Marie bot Dasgo im Anschluss noch etwas zu essen an, das er dankend annahm.

»Wie lange lebst du schon in Irintra?«, fragte Dasgo interessiert, während er sich ein Stück Brot in den Mund schob. Es war gut möglich, dass Marie zumindest in einem anderen Dorf gelebt hatte. Von Araz wusste er ja schon, dass sie alle bereits ihr ganzes Leben hier verbrachten.

Marie zuckte die Achseln. »Ich lebe schon immer hier. Ich kenne nichts anderes.« Wirklich glücklich klang sie dabei nicht, fand Dasgo, daher fragte er: »Du hast noch nie etwas anderes gesehen? Aratras ist so groß. Es gibt so viel zu sehen.«

Marie nickte mit einem angedeuteten Lächeln auf dem Gesicht: »Das mag sein.« Sie setzte sich auf einen wackligen Schemel und sah Dasgo mit einer Mischung aus Interesse und Neid an. »Du bist viel gereist, habe ich Recht?«

»Ja, bin ich«, sagte Dasgo stolz. »Ich war schon in Minath, habe Tropas` Haus besucht und bin durch das Kristallmeer geschwommen, das sind so ziemlich die Erlebnisse der letzten Woche.«

Nun musste er über seine eigenen Worte lachen. Marie lachte ebenfalls und es hörte sich toll an. Als sie sich wieder beruhigt hatte, sagte sie traurig: »Ich möchte auch mal reisen. Irgendwohin und Neues erleben und sehen.«

»Weshalb tust du es nicht?«

Marie wirkte plötzlich etwas unsicher. »Weil ich nicht kann«, sagte sie dann. »Man braucht mich hier. Araz braucht mich. Ich kenne mich mit Pflanzen so gut aus wie kaum jemand.«

Dasgo nickte. »Du fändest es schade, wenn du für immer hier sein müsstest, oder?«

Marie nickte traurig. »Ja, das stimmt. Allerdings hat hier jeder seine festen Aufgaben und viele verlassen sich auf mich.«

Dasgo verstand Marie sehr gut. Er war es allerdings gewohnt, umherzuziehen und zu trainieren, um ein guter Drachenreiter zu werden.

»Wir haben heute Abend ein Fest«, sagte Marie plötzlich und ihre Augen strahlten.

»Das hört sich gut an. Was gibt es für ein Fest?«

»Wir haben Fisch bekommen und den grillen wir über einem großen Feuer. Das ganze Dorf kommt zusammen. So kannst du auch die anderen Dorfbewohner kennenlernen.«

Dasgo willigte ein. Allerdings würde er noch nach seinem Drachen schauen, um sich von seiner Gesundheit zu überzeugen. Er bedankte sich freundlich und verließ Maries Baumhaus über eine einfache Leiter, die nach unten führte. Dann machte er sich auf dem Weg zu Dragonit.

Dragonits Zustand

Die Sonne hatte den Zenit bereits überschritten und die Strahlen brachen hier und da durch das dichte Blätterdach, als Dasgo bei der Lichtung ankam, auf der Dragonit sich ausruhte. Er erkannte sofort, dass es Dragonit besser ging. Er kam sogar schon auf Dasgo zugelaufen, um ihn zu begrüßen. Aufgeregt schlug er mit den Flügeln.

»Dir geht es besser,« stellte Dasgo glücklich fest.

Dragonit stupste Dasgo mit der Schnauze an und leckte ihm übers Ohr.

»Wir bleiben nicht mehr lange, mein Freund. Du brauchst allerdings noch etwas Ruhe, um dich zu erholen.«

Auch wenn Dragonit sehr munter wirkte, merkte Dasgo doch, dass sein Drache noch schwächelte. Ein paar Wunden waren wieder aufgebrochen und bluteten leicht.

Dasgo forderte seinen Drachen auf, sich hinzulegen, damit er seine Verletzungen behandeln konnte. Er hatte auf dem Weg hierher ein paar von den gelblichen Pflanzen gesammelt und verteilte diese nun auf den Wunden seines Drachen. Er fand diese Art von Heilkunst sehr spannend und hilfreich und nahm sich daher vor, mehr darüber zu lernen. In diesem Moment fiel ihm wieder ein, dass sie in Karant eine große Bibliothek hatten. Wahrscheinlich gab es auch Bücher und Schriften über Heilpflanzen und – kräuter.

Es dauerte eine Weile, bis Dasgo mit Dragonits Wunden fertig war. Auch wenn Araz später noch einmal den Drachen untersuchen würde, fand Dasgo es gut, seinen Drachen selber zu versorgen. Damit zeigte er, dass er es eben doch würdig war, ein Drachenreiter zu sein. Araz` Worte hatten ihm aufgezeigt, dass Fehler einfach passierten. Es war seine Aufgabe, damit richtig umzugehen und an ihnen zu arbeiten. Das machte einen wirklich guten Menschen aus.

»Du erholst dich gut«, sagte Dasgo erfreut zu seinem Drachen. »Wir fliegen bald nach Hause. Wie gesagt: Wenn du wieder gesund bist.«

Mit diesen Worten erhob sich Dasgo und machte sich auf dem Weg zurück ins Dorf. Die Sonne war bereits dabei unterzugehen!

Das Fest

Araz hatte bei Einbruch der Dunkelheit noch einmal nach Dragonit gesehen. Er hatte darauf bestanden, dass Dasgo ihn begleitete und Dasgo hatte ihm schließlich erzählt, dass er seinen Drachen bereits ein wenig versorgt hatte.

»Das hast du gut gemacht«, hatte Araz ihn schließlich gelobt.

Der Heilkundige hatte ein paar Fische mitgebracht, damit Dragonit etwas zu Essen bekam, denn dies brauchte er, um zu Kräften zu kommen.

Dasgo war überrascht, wie schnell sein Drache sich erholt hatte. Auch wenn er noch schwach war, lag er gestern zur selben Zeit beinahe im Sterben und nun leuchteten seine Augen bereits wieder voll Energie. Dasgo erkannte sofort, dass Dragonit darauf brannte, loszufliegen, und als er Araz darauf ansprach, schüttelte er entschieden den Kopf. »Dein Drache braucht Ruhe. Wenn ihr jetzt fliegt, ist er morgen genauso schwach wie gestern.«

Das verstand Dasgo. Er hatte für sich entschieden, am Abend nach dem Fest zurückzukehren und wieder bei seinem Drachen zu schlafen.

Schließlich liefen sie beide wieder zurück ins Dorf. Es war bereits vollkommen finster, doch Dasgo erkannte Irintra bereits aus der Ferne. Ein heller Feuerschein war zu sehen. Rötliches, flackerndes Licht drang durch die Bäume hindurch, er konnte schon aus einiger Entfernung den angenehmen Geruch von verbranntem Holz riechen und es knistern hören, wenn Reisig ins Feuer geworfen wurde. Auch vernahm er viele Personen, die miteinander lachten und redeten.

»Weshalb macht ihr dieses Fest?«, wollte Dasgo interessiert wissen.

Während Araz überlegte, bückte er sich nach einem Ast und benutzte ihn als Wanderstab. »Es ist eine alte Tradition«, sagte er geheimnisvoll. »Wir tun es, seitdem wir denken können. Die Menschen, die vorher in unserem Dorf lebten, haben es getan und die davor auch. Dieser Brauch wird einfach immer weitergegeben.«

Eine wirkliche Erklärung war dies nicht, fand Dasgo, doch er glaubte nicht, eine bessere Antwort zu erhalten, wenn er weiter nachfragte, daher blieb er einfach still und setzte seinen Weg still fort.

Schließlich erreichten sie Irintra und Dasgo verschlug es fast die Sprache, als er das Feuer sah. Es war nicht sehr hoch, dafür aber sehr breit und die Flammen verbreiteten eine Wärme, dass es schon fast auf seiner Haut brannte. Er sah eine alte Karre in der Nähe des Feuers stehen. In ihm befanden sich lange, stabile Stöcke und Fische.

»Sie sind in einer Geheimzutat eingelegt. Den halben Tag lagen sie in salzigen Kräutern. Wenn du ihn über dem Feuer brätst, wirst du den tollen Geschmack feststellen«, sagte Araz feierlich und griff sofort nach einem Stock, einem Fisch und spießte diesen auf, was Dasgo ihm nachmachte.

Als er fertig war, wandte sich Dasgo zum Feuer um und suchte nach einem Platz, denn die gesamten Einwohner saßen um das riesige Feuer herum.

Schließlich fand Dasgo einen Platz und er gesellte sich zu Marie, die ihn mit einem freundlichen Lächeln begrüßte.

»Wie geht es deinem Drachen?«, wollte sie dann wissen und ihr Gesichtsausdruck wurde etwas ernster.

Dasgo nickte zufrieden. »Es geht ihm gut. Dragonit braucht allerdings noch etwas Ruhe. Heute Abend werde ich wieder bei ihm schlafen.«

»Das finde ich gut«, sagte Marie und drehte ihren Stock, damit der Fisch nicht verbrannte. »Du magst deinen Drachen sehr, habe ich Recht?«

Diese Frage war überflüssig, fand Dasgo, dennoch sagte er glücklich: »Er ist mein bester Freund.«

Marie sah einen Moment in die tanzenden Flammen und Dasgo beobachtete, wie seine Forelle allmählich braun zu werden begann.

»Ich beneide dich, Dasgo.«

Dasgo sah überrascht auf. »Weshalb?«, fragte er verwundert.

»Du bist Drachenreiter geworden, um dich für Gerechtigkeit einzusetzen. Das ist etwas wirklich Tolles.«

Dasgo lächelte verlegen. Er war zwar ein Drachenreiter, aber um so zu werden, wie der große Tropas, musste er noch viel Erfahrung sammeln und

Jahre trainieren. Das, was er gerade erlebte, war sein erstes wirkliches Abenteuer und jetzt, wenn er so drüber nachdachte, wurde ihm eines klar: Man konnte durch Bücher und Lehrmeister viel lernen, doch wirklich erfolgreich wird man nur, wenn man die Dinge selber erlebt. Dasgo war sich sicher, dass er in den letzten Wochen, seit er aus Kalant fort war, deutlich mehr gelernt hatte, als die Monate zuvor in der Bibliothek.

»Wie ist es einen Drachen zu fliegen?«

Dasgo schrak aus seinen Gedanken hoch und drehte hastig seinen Fisch ein Stück.

»Zuerst einmal braucht es viel Übung und man darf keine Angst davor haben. Dein Drache wird es sofort merken und dadurch wird er selber nervös. Ich habe selber ungefähr ein Jahr gebraucht, um es zu beherrschen«, sagte Dasgo trocken und er konnte auf Maries Gesicht eine deutliche Enttäuschung erkennen.

»Wie wird man Drachenreiter?«

Dasgo lachte amüsiert. »Du bist lustig. Man muss früh anfangen. Ich übe jetzt seit einiger Zeit und habe noch viel zu lernen. Wie man auf normalem Wege Drachenreiter wird, kann ich nicht genau sagen. Ich habe meinen Drachen mehr oder weniger gefunden und vor dem Ertrinken bewahrt. Das war der Moment, in dem ich mir vorgenommen hatte, Drachenreiter zu werden.«

»Ich möchte auch so etwas lernen«, sagte Marie enttäuscht und ging gar nicht auf Dasogs Worte ein.

»Was hältst du davon, wenn ich dir Dragonit einmal vorstelle?«, sagte Dasgo schließlich.

Plötzlich begannen Maries Augen, zu leuchten. »Das wäre toll«, sagte sie nur und begann nervös hin und her zu wippen.

Zufrieden nahm Dasgo seine Forelle aus dem Feuer. Er hatte Hunger.

Vertrauen

Es war fast Mitternacht, als Dasgo zusammen mit Marie zur Lichtung zurückkehrte.

Dragonit erwartete seinen Reiter bereits sehnsüchtig und schnaufte nervös mit den Nüstern.

Marie keuchte aufgeregt, als sie den großen Drachen sah, traute sich allerdings nicht wirklich näher heran.

»Der ist ja schneeweiß«, sagte sie aufgeregt, stand aber stocksteif da und rührte sich nicht. Dragonit musterte sie etwas skeptisch und kam vorsichtig näher. Marie wich sofort zurück.

»Du brauchst keine Angst haben«, flüsterte Dasgo und reichte ihr die Hand. »Gib mir deine Hand! Wir gehen gemeinsam!«, forderte Dasgo sie auf und zögernd ergriff Marie tatsächlich seine Hand.

»Es wird nichts passieren«, versprach er und sah Marie aufmunternd an. Diese erwiderte seinen Blick für den Bruchteil einer Sekunde, dann sah sie wieder wie gebannt Dragonit an.

»Reich mir deinen Beutel!«

Marie machte ein verwirrtes Gesicht, bis sie begriff, was Dasgo meinte. Marie hielt einen Beutel in ihrer freien Hand. Darin befanden sich noch ein paar Forellen, die sie extra für Dragonit mitgebracht hatten.

Dasgo holte eine davon hervor und warf sie Dragonit zu. Dieser schnappte blitzartig zu und verschlang den Fisch auf einmal. Der Drache leckte sich anschließend das Maul.

Mit einem zufriedenen Gesicht hielt er Marie den nächsten Fisch hin. Zögernd griff sie danach und warf ihn etwas ungeschickt in die Ferne, doch der weiße Drache holte sich auch diese Beute sehr gekonnt.

»Wann wirst du fortfliegen?«, fragte Marie, als sie mit der Fütterung fertig waren. Sie saßen gemeinsam im Gras und sahen zum dunklen Himmel empor. Der silberne Mond hatte sich hinter ein paar Bäumen versteckt, sodass dieser kaum zu erkennen war.

Dasgo zuckte auf Maries Frage die Achseln. »Wie gesagt, Dragonit muss noch zu Kräften kommen, doch das wird nicht mehr allzu lange dauern, und dann werde ich aufbrechen.«

Marie rückte näher an Dasgo heran und sah ihm stumm ins Gesicht. »Dann nimm mich mit!«, forderte sie ihn auf, doch sie musste wissen, wie seine Antwort ausfallen würde.

Verunsichert wich er ihrem Blick aus. »Das kann ich nicht«, sagte er schließlich. »Bis nach Kalant ist es weit. Ich möchte nicht, dass dir etwas passiert.«

Diese Worte meinte Dasgo durchaus ernst. Etwas, woran er nämlich noch gar nicht gedacht hatte, war, was passieren würde, wenn die Reiter aus Minath ihn noch immer suchten?

Dasgo tat diese Frage als Blödsinn ab. Sie hielten ihn für tot, immerhin hatten sie selbst gesehen, wie Dragonit ins Kristallmeer gestürzt und er hinterher gesprungen war. Außerdem würde sein Weg nicht direkt nach Kalant führen. Er wollte vorher noch einmal zum Tropas-Felsen fliegen. Er musste einfach wissen, was in der Truhe war. Auch wenn er sich nicht wirklich etwas davon versprach. Wenn Tropas wirklich dort gelebt hatte, gab diese Truhe vielleicht einen Aufschluss darüber, wie er gelebt hatte und wie er gestorben war. Es war einen Versuch wert.

Zusammen mit Dragonit würde er es schon schaffen, diese Truhe zu öffnen …

»Dann muss ich wohl hierbleiben.«

Maries Worte rissen ihn komplett aus seinen Gedanken und sie klangen so traurig, dass es ein schlechtes Gewissen in ihm weckte.

»Marie, es geht nicht« setzte er beinahe verzweifelt an. Auch wenn er versuchte, es ihr sanft zu erklären, schienen seine Worte sie nur wütend zu machen.

»Wieso geht das nicht?« Ihre Worte hörten sich genau so an, wie ihre Körpersprache es ausdrückte.

»Weil man als Drachenreiter ein hartes, gefährliches Leben führt. Das wäre eine zu große Verantwortung. Wenn dir etwas passiert, dann bin ich daran schuld.«

»Du meinst, ich wäre dir eine Last?«, gab Marie zornig zurück. Von ihrem zarten, schüchternen Wesen war nichts mehr geblieben.

Plötzlich sprang sie wütend auf die Füße. »Dann zieh doch los!«, fauchte sie ihn an und ließ Dasgo mit einem schlechten Gewissen, das noch einmal stärker geworden war und mit einem offenstehenden Mund, alleine zurück.

Aufbruch

Es dauerte noch beinahe zwei Wochen, bis Dragonit tatsächlich kräftig genug war, um zu fliegen.

Die ersten Tage dieser zwei Wochen hatte Marie ihn wie Luft behandelt und war ihm, so gut es nur ging, aus dem Weg gegangen, doch dann wurde es Dasgo zu blöd. Er hatte sie zur Rede gestellt und sie gebeten, sich nicht wie ein kleines Kind zu benehmen. Dann war sie ihm zwar immer noch aus dem Weg gegangen, aber immerhin war sie wieder etwas besser auf ihn zu sprechen gewesen.

Aber Dasgo hatte recht bald gemerkt, dass er es sich mit ihr verscherzt hatte, was ein nicht gerade tolles Gefühl bei ihm hinterlassen hatte.

Von Araz hatte Dasgo eine Menge über Heilkräuter und –pflanzen gelernt und er bekam einen kleinen Lederbeutel mit verschiedensten Pflanzen mit auf dem Weg.

Die letzten Tage hatte Dasgo viel Zeit mit Olon und Bedon verbracht. Mit ihnen hatte er die Insel erkundet und er hatte von ihnen gelernt, wie man einen Bogen baute. Bedon hatte ihm einen angefertigt. Dasgo war anfangs dagegen gewesen, denn durch einen Bogen hatte Dasgo seinem Drachen beinahe den Tod gebracht, allerdings hatte er dann doch eingewilligt und mit der Waffe geübt. Die Sehne war anfangs sehr straff, sodass Dasgo unglaublich viel Kraft aufbringen musste, um sie zu spannen, was Verspannungen in Nacken- und Schulterbereich mit sich brachte. Anfangs flogen die Pfeile noch nicht sehr schnell und nicht so weit, doch der Bogen wurde immer elastischer und Dasgos Kraft nahm mit der Zeit immer mehr zu. Der Ast, aus dem der Bogen gefertigt war, war tatsächlich sehr biegsam. Die Befürchtung, die er gehabt hatte, der Bogen könne mit der Zeit entzweibrechen, bewahrheitete sich nicht. Er wurde allerdings davor gewarnt, die Sehne bei Regen zu entfernen, da diese durch die Nässe nicht mehr straff wäre und dadurch könne er sie nicht mehr so gut spannen, was die Flug- und Zielsicherheit seiner Pfeile enorm einschränken würde.

Dasgo bedankte sich bei Marie, die ihm einen Beutel mit Proviant entgegen reichte. Diesen befestigte er am Dragonits Sattel. Beinahe alle Einwohner des Dorfes hatten sich auf der Lichtung zusammengefunden, um Dasgos Aufbruch mitzuerleben.

»Ich wünsche dir alles Gute«, sagte Marie dann und Dasgo drückte sie kurz an sich.

Dasgo ging zu jedem und verabschiedete sich knapp. Er verspürte eine tiefe Dankbarkeit den Einwohnern Irintras gegenüber, dass er bei ihnen hatte leben dürfen, doch nun war es Zeit aufzubrechen.

»Ich danke euch«, sagte er laut. »Ich werde sicher eines Tages vorbeischauen, um euch zu besuchen.«

Mit diesen Worten stieg Dasgo in Dragonits Sattel. Er spürte förmlich, dass sein Drache sehr aufgeregt war. Dragonit schlug ein paar Mal wild mit den Flügeln und nur ein paar Augenblicke später befanden sie sich bereits weit genug über der Insel, dass sie losfliegen konnten.

Erneut am Tropas-Felsen

Zusammen mit Dragonit war die Strecke zum Tropas-Felsen schnell zurückgelegt. Unter ihnen schlug das Wasser des Kristallmeeres immer wieder gegen die Felsen, die spitz aus dem Wasser ragten. Als Dasgo dies beobachtete, fragte er sich, warum er nicht einfach an einem dieser Steine zerschellt war.

Die Sonne bewegte sich langsam auf den Zenit zu und die Hitze war beinahe unerträglich. Immer wieder griff Dasgo nach dem Wasserschlauch, denn er von Araz mitbekommen hatte, doch er wollte sich das Wasser noch aufsparen. Der Weg nach Karant war recht lang und er wusste nicht, was ihm widerfahren würde.

Schließlich kam der hohe Felsen in Sicht. Ganz klein, an der Spitze des Felsens, konnte Dasgo die Ruine erkennen, die vor Jahren einmal ein prachtvolles Gebäude gewesen sein musste.

Tropas Heimat!

Die ganze Zeit schon fragte sich Dasgo, was sich wohl in der Truhe befand. Natürlich fand er in diesem Moment keine Antwort darauf. Er hoffte, dass sich der Weg lohnen würde.

Ohne dass Dasgo etwas befehlen musste, setzte Dragonit zur Landung an. Der Drache stolperte noch ein gutes Stück über den Platz und kam erst kurz vor dem Gebäude zum Stehen.

Dasgo tätschelte seinem Drachen den Nacken, dann stieg er aus dem Sattel. Wie auch beim letzten Mal war, außer dem Brausen des Meeres, alles still. Es war sehr angenehm, fand Dasgo, wenn die Hitze nicht wäre.

Einen Moment blieb Dasgo noch neben seinem Drachen stehen und sah sich um. Nichts war zu sehen. Sie waren alleine.

Nun nahm Dasgo doch einen Schluck aus seinem Schlauch und benetzte damit seine Lippen. Sein Mund war vom Fliegen vollkommen trocken und seine Zunge fühlte sich wund an. Nachdem Dasgo etwas getrunken hatte, hatte er das Gefühl, noch mehr Durst zu haben, ignorierte dieses Gefühl allerdings und schob den Schlauch wieder in die Provianttasche.

Sein Blick tastete über den Bogen und die dazugehörigen Pfeile, die er von Bedon bekommen hatte. Ohne zu wissen warum, nahm er ihn an sich und begab sich mit sicheren Schritten auf die Ruine zu.

Eine angenehme Kühle hüllte ihn ein, als er den beschatteten Vorplatz betrat, doch darauf achtete Dasgo nicht. Er war mit seinen Gedanken bereits bei der bräunlichen Truhe …

Schnell hatte er den schmalen Eingang erreicht, und als er hindurchtrat, erkannte er sofort Fußspuren am staubigen Boden. Dies waren seine eigenen Spuren!

Dasgo beachtete sie nicht weiter und schritt die gewundene Treppe hinauf. Die Stille und diese gestaltgewordene Verlassenheit dieses Gebäudes zog ihn auch jetzt in seinen Bann, doch er ignorierte es, so gut es nur ging und hastete an dem großen Tisch vorbei und da stand sie …

Die Truhe stand noch immer unverändert an seinem Platz, so wie sie es wahrscheinlich schon seit vielen Jahren tat. Nur der entfernte Staub am Deckel verriet, dass sich jemand an ihr zu schaffen gemacht hatte.

Gehörte diese Truhe wirklich Tropas?

Fast vollkommen automatisch nickte Dasgo. »Wem sonst?«, beantwortete er seine Frage selber.

Schon während er auf die Knie ging, wusste er, dass es keinen Sinn hatte. Immerhin hatte er schon öfters versucht, diese Truhe zu öffnen. Sie war mit einem gewaltigen, massiven Schloss verriegelt und erneut begann Dasgo, nach einem passenden Schlüssel zu suchen, doch auch diesmal ohne Erfolg. Überhaupt gab es gar nicht viele Möglichkeiten, wo er versteckt sein könnte. Ein Schrank war vorhanden mit ein paar Regalen und Schubladen, und das war schon alles. Etwas, das Dasgo auffiel, war, dass alles vollkommen leer geräumt war, so als wenn Tropas, wenn er denn tatsächlich hier gelebt hatte, alles ausgeräumt hätte und dann fortgegangen wäre.

Dasgo setzte sich gedankenverloren auf einen staubigen Schemel am Tisch. War es dann überhaupt vorstellbar, dass in dieser Truhe etwas Aufschlussreiches enthalten war? Dasgo wusste ja gar nicht, was er zu finden erwartete. Plötzlich musste er an die warnenden Worte von Araz denken, und auch wenn dies ein schlechtes Gewissen mit sich brachte, fasste er einen Entschluss. Er ging zur Truhe hinüber und hob sie hoch. Sie war deutlich leichter, als er vermutet hatte.

Mit vorsichtigen Schritten lief er zur Treppe und dann hinunter ins Freie.

Dragonit schien sich zu freuen, dass Dasgo zurück war, denn er stieß ein kurzes Gebrüll aus und kam auf ihn zugestolpert.

Mit einem zufriedenen Gesicht stellte Dasgo die Truhe ab. Jetzt im gleißenden Sonnenlicht erkannte Dasgo erstaunt, dass die Truhe, ihres Alters trotzend, keinen einzigen Kratzer aufwies. Dasgo runzelte die Stirn und wischte noch einmal über den halbrunden Deckel der Truhe, um auch den letzten Schmutz zu entfernen. Tatsächlich, die Truhe sah aus, als wäre sie gerade erst hergestellt worden.

»Dragonit, wir müssen diese Truhe öffnen!«, sagte Dasgo bestimmt und entfernte sich anschließend ein Stück davon, was eine stumme Aufforderung dafür war, dass sein Drache etwas tun sollte, um Dasgo den Inhalt zu offenbaren. Dieser sah ihn allerdings nur fragend an.

»Du musst das Schloss schmelzen, mein Freund«, sagte er ungeduldig und entfernte sich noch einmal mehr von dem Objekt.

Plötzlich nahm Dasgo etwas am Himmel wahr. Er brauchte nicht lange, um zu erkennen, dass es ein Drache war. Eigentlich nichts Ungewöhnliches, bedachte man, dass die Drachenreiter-Stadt nicht sehr weit entfernt war.

Doch der Drache hielt unverkennbar auf diesen Felsen zu.

»Dragonit, flieg fort!«, befahl Dasgo gehetzt. »Er darf uns auf keinen Fall sehen.« Während er diese Worte aussprach, rannte er bereits in den Schutz einer Säule, welche das Dach trug, und versteckte sich dahinter.

Dragonit flog davon. Aus den Augenwinkeln erkannte er, dass sein Drache sehr tief über der Wasseroberfläche schwebte, um vom herannahenden Drachen nicht entdeckt zu werden.

Dasgo hatte Recht gehabt. Es flog wirklich ein Drachenreiter auf diesen Felsen zu.

Schon bevor der Drache überhaupt gelandet war, hielt Dasgo den Atem an und wagte es nicht, Luft zu holen, aus Angst, er könne sich somit verraten.

Plötzlich rutschte ihm das Herz in die Hose, denn er bemerkte, dass die Truhe unübersehbar mitten im Sonnenlicht vollkommen ungeschützt stand. Was war, wenn der Reiter diese Truhe mitnahm? Ihm blieb nichts anderes übrig als abzuwarten, was geschah.

Der Reiter landete. Sein Drache war groß. Zumindest größer als Dragonit und er hatte eine feuerrote Farbe. Er breitete die breiten, ledernen Flügel aus, um den Flug für die Landung abzubremsen. Als der Drache dann elegant auf dem Felsen ankam, stellte Dasgo fest, dass dieser Drache alt sein musste, denn er erkannte selbst aus dieser Entfernung die eine oder andere Verletzung. Sogar ein Auge fehlte der Flugechse, doch trotz alledem strahlte sie Entschlossenheit und Stärke aus.

Der Drache war vollends zum Stehen gekommen und stieß ein dunkles Gebrüll aus, dann stieg der Reiter aus dem Sattel …

… und blieb wie angewurzelt stehen, als er die Truhe sah. Es verging fast eine halbe Minute, in der

der Reiter nichts tat, außer ungläubig auf die Truhe zu starren. Selbst den Atem schien er anzuhalten.

Der Reiter war dunkel gekleidet. Er trug ein schwarzes Wams und eine schwarze, engsitzende Hose, doch der Gürtel, an dem ein schmales Schwert befestigt war, war hell. Er war schmächtig, dafür aber recht groß.

Schließlich entfernte er sich etwas von seinem Drachen, ließ die Truhe aber nicht aus den Augen. War er wegen der Truhe hier?

Plötzlich, als er sie fast erreicht hatte, sah er auf und blickte sich aufmerksam um.

»Wie ist das möglich?«, hörte er den fremden Reiter flüstern. »Wer hat die Truhe nach draußen gestellt?«

Vollkommen aufgeregt bemerkte Dasgo, dass sich in der Ferne am Himmel ein weiterer Schatten von der Sonne abhob. Dem Fremden war dies ebenfalls nicht entgangen, denn er drehte sich halb herum und sah zum strahlend blauen Himmel empor. Sofort war Dasgo klar, das auch dieser Drache auf diesen Felsen zusteuerte. Inzwischen bereute Dasgo es, hierhergekommen zu sein. Warum musste er auch immer so neugierig sein?

Der zweite Reiter landete neben dem roten Drachen. Sein Drache war wesentlich kleiner und schwarz. Besonders auffällig waren seine gelben Augen, die aufmerksam über den Platz wanderten. Dieser Drache hatte an seinen Flügeln kleine, raue Schuppen, soweit das Dasgo erkennen konnte. Seine Zunge verließ immer wieder das spitze Maul, was ihm ein wenig das Aussehen einer Schlange verlieh.

»Brohlan, wir haben ein Problem«, war die Begrüßung des ersten Reiters.

Diese Worte waren aber gar nicht nötig, den auch der Blick des zweiten Reiters war gebannt auf die Truhe geheftet.

»Wieso hast du sie ohne mich geholt?«, herrschte er ihn an. »Das war nicht abgemacht!«

Der Schwarzgekleidete schüttelte entschieden den Kopf. »Das war ich nicht. Die Truhe stand schon so da.«

Zuerst sagte sein Partner nichts dazu, sondern stieg nur aus dem Sattel und lief auf die Truhe zu. »Dann haben wir wirklich ein Problem«, sagte er, doch seine Stimme war plötzlich sehr leise, fast nicht zu verstehen für Dasgo.

Plötzlich fuhr er herum. »Verdammt Trarak, wer weiß noch von diesem Ding?«

Der schwarze Reiter namens Trarak wich nervös Brohlans Blick aus, was Dasgo klar machte, dass Brohlan offenbar das Sagen hatte.

»Ich denke niemand«, sagte Trarak kleinlaut.

Brohlan lief so dicht zu Trarak hin, dass ihre Gesichter sich beinahe berührten, sprach aber zu Dasgos Überraschung laut weiter. »Wenn das, was in der Truhe steckt, nicht mehr drinnen ist, können wir Saphirrots Erweckung vergessen. Wir müssen sie nach Kralant zu Meister Lembrix bringen. Ohne Inhalt macht er uns einen Kopf kürzer!« Brohlans Finger deutete, während er diese Worte sprach, immer wieder energisch auf die Truhe.

Dasgo hätte fast einen Schrei ausgestoßen. Saphirrot? War das nicht Tropas` Drache gewesen? Und außerdem war Lembrix sein Meister! Was wurde hier gespielt?

»Der Inhalt muss aber noch drinnen sein,« behauptete Trarak und seine Stimme wurde allmählich wieder fester. »Das Schloss ist noch da.«

»Aber jemand war hier und hat diese Truhe aus dieser Ruine geholt.«

»Dann ist er vielleicht noch hier«, entgegnete Trarak und beide sahen sich augenblicklich um.

Dasgo wagte es kaum, zu atmen. Er hatte zwar seinen Bogen um die Schulter, aber er glaubte nicht, dass er sich gegen zwei Drachenreiter und zwei Drachen behaupten konnte. Plötzlich wünschte er sich, Dragonit wäre noch bei ihm. Wenn sein Drache wieder auftauchen würde, würde er wahrscheinlich auffliegen. Plötzlich wusste er nicht, was er überhaupt wollte.

»Ich sehe in dem Gebäude nach. Vielleicht versteckt sich dort jemand«, sagte Brohlan ruhig und Dasgo riss erschrocken die Augen auf. Wenn sich der Reiter dem Gebäude näherte, würde er unweigerlich gesehen werden. Von einem von beiden auf jeden Fall.

Völlig geräuschlos löste er seinen Bogen von der Schulter und legte einen Pfeil an. Zusammen mit

Bedon hatte er doch so viel geübt, dass er inzwischen ganz gut damit umgehen konnte. Außerdem hatte er den Moment der Überraschung auf seiner Seite. Die Reiter waren zwar alarmiert, vermuteten aber niemand hinter einer Säule. Wenn er Brohlan allerdings attackierte, wäre Trarak gewarnt und er konnte nicht gegen zwei Männer gleichzeitig bestehen.

Die Entscheidung, was zu tun war, wurde ihm allerdings von einem Augenblick auf dem nächsten genommen, denn plötzlich schrie Trarak: »Drache! Brohlan, ein Drache!«

Die Bewegung war so schnell, dass Dasgo so kaum mitbekam. Als wäre Brohlan darauf vorbereitet gewesen, raste seine Hand zum Schwert, und während er die mächtige Waffe zog, wirbelte er herum und rannte zurück. Doch er war nicht schnell genug!

Alles ging so schnell, dass Dasgo nicht wirklich reagieren konnte.

Wie aus dem Nichts kam Dragonit angeflogen und stürzte sich unter einem wütenden Kampfgebrüll auf dem schwarzen Drachen.

Dasgo blieb beinahe der Atem weg, als er die Reaktion des Drachen sah. Als wäre er darauf vorbereitet, fuhr sein Kopf zu Dragonit und sein offenstehendes Maul schnellte nach seiner Kehle.

Dasgo sprang hinter seiner Deckung hervor und schoss den ersten Pfeil ab.

Dieser war für Brohlan bestimmt, der mit gezogenem Schwert auf Dragonit zulief. Leider traf der Pfeil nicht, doch es erfüllte seinen Zweck. Während der Pfeil harmlos gegen einen groben Felsen prallte und klappernd zu Boden fiel, sah Brohlan wütend in seine Richtung. Dann kam er auf ihn zu, dabei wild mit dem Schwert fuchtelnd.

Zum ersten Mal seit langer Zeit sehnte er sich sein Schwert, mit dem er so lange gekämpft hatte, zurück.

Aus den Augenwinkeln erkannte Dasgo, wie sich Dragonits Klauen in den langen, schlanken Hals des schwarzen Drachen bohrten und mit einer enormen Kraftanstrengung nach hinten bogen.

Trarak schien jetzt erst wirklich zu begreifen, was passiert war. Er zog ebenfalls sein Schwert und ging auf Dragonit los. Der weiße Drache schlug in einfach mit seinem Schwanz beiseite, sodass der Mann wie eine Puppe meterweit durch die Luft flog, bewusstlos

156

oder tot auf dem Boden aufschlug und schließlich, nach drei, vier Überschlägen, einfach liegenblieb.

Dasgo wich zur Seite, um dem Klingenangriff zu entgehen. Den Bogen noch immer in der Hand schaffte er es nicht, einen neuen Pfeil anzulegen.

»Was hast du mit der Truhe zu tun, Freundchen?«, bellte ihn Brohlan an und schlug immer wieder kraftvoll aber unkontrolliert auf ihn ein.

Dasgo sprang hinter eine Säule und einen Sekundenbruchteil später krachte der scharfe Stahl gegen den massiven Stein. Mörtel und Staub rieselten zu Boden. Aus seiner jetzigen Position konnte Dasgo ganz kurz einen Blick auf das Kampfgeschehen der Drachen werfen. Noch immer hielt Dragonit die schwarze Schlangenechse umklammert. Der schwarze Drache schlug zwar immer wieder mit seinem Schwanz nach Dragonit, doch Dasgos Drache nahm diese Hiebe hin. Dann, ganz plötzlich, trat der weiße Drache einfach drauf und die schwarze Echse stieß einen Schmerzensschrei aus.

Dasgo duckte sich als Brohlan erneut nach ihm schlug. »Gib auf!«, forderte dieser ihn auf. »Wie lange willst du noch herum hüpfen wie ein gehetzter Hase?«

Zum Teil hatte Brohlan wirklich Recht. Er musste etwas tun, denn mit waffenlosen Händen hatte er einfach keine Möglichkeiten gegen einen Schwertkämpfer.

Dasgo setzte alles auf eine Karte. Gerade als sein Gegner wieder angriff, warf er sich zur Seite und gleich darauf riss er seine Beine in die Höhe. Mit dem einen trat er Brohlan ins Gesicht, sodass er überrascht zurücktaumelte und mit dem anderen trat er nach seiner Schwerthand. Er ließ das Schwert fallen, und bevor es auf dem Boden aufschlug, fing Dasgo es auf und rappelte sich hoch.

Nun hatte Dasgo etwas Luft und er sah zu Dragonit hinüber.

Das Kampfgeschehen hatte sich vollkommen verändert. Dragonit hielt den schwarzen Drachen noch immer am Hals umklammert und dieser wurde bereits lahm und ging schon vor Erschöpfung in die Knie, doch der zweite Drache stemmte sich gegen Dragonit und versuchte ihn mit seinen massiven Klauen einfach umzustoßen. Als dies nichts brachte, schlug der feuerrote Drache immer wieder mit seinem harten Schädel auf Dragonit ein.

»Wie lange hält das dein Drache noch durch?«

Die Frage kam von Brohlan und er lachte gehässig, was seine spöttischen Worte noch unterstrich.

»Und das alles wegen einer Truhe«, sagte Dasgo wütend.

Brohlan schüttelte langsam den Kopf. Seine Nase blutete und er schien schlecht Luft zu bekommen, trotzdem grinste er hämisch.

»Es ist nicht bloß eine Truhe«, sagte er dann und kam langsam auf Dasgo zugelaufen. Er fasste das Schwert fester. Er durfte sich nicht verunsichern lassen. »Es ist Saphirrots Wiedergeburt.«

Dasgo lachte bitter. »Mach dich nicht lächerlich!«, sagte er trocken. »Saphirrot ist tot. Genauso wie Tropas, sein Reiter.«

»Du weißt gar nichts«, behauptete Brohlan. »Saphirrot wurde nur in einen Schlaf versetzt. Genauso wie sein Reiter.«

Dasgo riss die Augen auf als habe er sich verhört. »Was soll das heißen?«

Brohlan lachte und das, was dann geschah, passierte so schnell, dass Dasgo keine Möglichkeit hatte, sich zu verteidigen.

Brohlan machte eine schnelle Bewegung, dann blitzte etwas in seiner Hand auf und einen Sekundenbruchteil spürte Dasgo einen entsetzlichen Schmerz in seinem Arm.

Als er mit seinem Blick dem Schmerz folgte, sah er, dass sich ein stählender Wurfstern in seinen Oberarm gefressen hatte. Dasgo brach stöhnend in die Knie und ließ das Schwert fallen. Um es zu halten, fehlte ihm plötzlich alle Kraft.

Brohlan ging vor ihm in die Hocke, hob sein Schwert auf und sagte: »Deine Frage werde ich dir ganz bestimmt nicht beantworten, Bogenschütze!«

Das letzte Wort spuckte er ihm förmlich ins Gesicht, dann verpasste er ihm einen heftigen Schlag, dass er benommen zur Seite kippte und Brohlan entfernte sich.

»Gut, meine Freunde, genug gespielt. Macht den Drachen des Bogenschützen fertig!«

Dasgo verlor das Bewusstsein.

Böse Vorahnung

Als Dasgo die Augen aufschlug, nahm er gar nichts um sich herum wahr. Keinen Schmerz, kein innerliches Gefühl; einfach nichts.

Doch dann, als er die Augen geschlagene drei Sekunden offenstehen hatte, breitete sich der Schmerz wie ein gewaltiger Faustschlag in ihm aus. Im ersten Moment konnte Dasgo beim besten Willen nicht beurteilen, wo der Schmerz genau herkam, denn alles in seinem Körper war die reinste Pein. Erst ein paar weitere Sekunden später spürte er, dass sein rechter Oberarm unerträglich schmerzte und dass dies die Quelle der Qual war.

Als Dasgo den Blick auf seinen Oberarm richtete, konnte er fast nicht glauben, was er sah. Der Wurfstern steckte bis zur Hälfte im Fleisch und die Wunde sah bereits jetzt entzündet aus. Sie war blau geschwollen, aber um den Schnitt herum war sie dunkelrot. Eine Bewegung mit dieser Verletzung durchzuführen war praktisch unmöglich. Und doch musste er es versuchen.

Unter Schmerzen richtete sich Dasgo auf und kam umständlich auf die Füße.

Erst jetzt bemerkte er, dass es bereits fast vollkommen dunkel war. Die Sonne schaute nur noch eine Handbreit über dem Horizont und die Umgebung wurde von einem dunkelblauen Tuch der Nacht eingehüllt.

Dasgo stolperte ein paar Schritte vorwärts, dann erblickte er seinen Drachen und seine Schmerzen waren plötzlich vergessen.

Dragonit lag auf dem Boden und rührte sich nicht.

Gut, meine Freunde, genug gespielt! Macht den Drachen des Bogenschützen fertig!

Diese Worte waren ganz plötzlich wieder in seinem Kopf. Was hatten die beiden Drachen Dragonit angetan?

Als Dasgo näher herantrat, rührte sich Dragonit bereits. Am Leben war er also, doch war er verletzt? Mit einer kurzen Erleichterung stellte Dasgo fest, dass seine gesamten Taschen noch am Sattel befestigt waren und somit war auch der Beutel mit den Heilkräutern noch da. Diese würde er sowohl für sich als auch für seinen Drachen brauchen.

Als Dasgo flüchtig Dragonit untersuchte, stellte er fest, dass dieser, außer einer Wunde am Schädel, gar nicht verletzt war. Offenbar wurde sein Drache, genau wie Dasgo, nur bewusstlos geschlagen.

»Wie geht es dir, Dragonit?«

Zur Antwort bekam Dasgo nur ein kurzes Schnauben und sein Drache richtete sich benommen auf.

Plötzlich fragte er sich, weshalb zurzeit so gut wie alles schief ging, was Dasgo anpackte? Was hatte er schon damit erreicht, hierher zurückzukommen? Wieder war er in Schwierigkeiten geraten. Warum war er nicht einfach nach Karant zurückgeflogen, um zu seinem Meister zurückzukehren?

Prüfend sah sich Dasgo um. Er war nicht einmal sonderlich überrascht, als er feststellte, dass die Truhe fort war. Brohlan hatte sie mitgenommen.

Wütend biss sich Dasgo auf die Unterlippe, denn er konnte es einfach nicht fassen, was in den letzten Stunden passiert war. Er war einfach aus reiner

Neugierde hierher zurückgekehrt, um herauszufinden, was sich in der Truhe befand und nun war die Truhe fort und ein großes Rätsel war zurückgeblieben. Brohlan hatte gesagt, mit dem, was sich in der Truhe befand, würden sie Tropas` Drachen Saphirrot wieder erwecken, doch Dasgo konnte sich darunter gar nichts vorstellen. Doch eines wurde ihm plötzlich klar: Ohne wirklich zu wissen warum, hatte er das ungute Gefühl, dass es gar nicht mal ein großer Zufall war, was ihm in Minath passiert war. Die beiden Reiter hatten von Meister Lembirx gesprochen und dass sie von ihm den Auftrag erhalten hatten, die Truhe zu holen. Was war, wenn Dasgo nur zur reinen Ablenkung nach Minath geschickt worden war? Aber weshalb wurde die Truhe dann erst jetzt geholt? Dasgo war seit Wochen aus Kalant fort.

Dasgo verstrickte sich so sehr in Gedanken, dass er sogar seinen Schmerz vergaß, doch dann kam er doch zurück und er stöhnte fast erschrocken auf.

Dasgo biss die Zähne zusammen und zog den Wurfstern einfach heraus. Er schrie qualvoll auf und ließ die kleine Tötungswaffe einfach fallen. Blut quoll aus dem kleinen Schnitt, doch Dasgo glaubte nicht, dass er ernsthaft verletzt war. Zumindest redete er sich das ein.

Hastig durchsuchte er die Taschen nach dem kleinen Lederbeutel, um an die Heilkräuter zu gelangen. Anschließend schmierte er sich etwas davon auf seine Wunde und einen kurzen Moment später ließ der Schmerz nach und ein wohltuendes Taubheitsgefühl breitete sich um die Verletzung herum aus.

Dragonit richtete sich nun komplett auf, schüttelte benommen den Schädel und stieß ein Brüllen gen Himmel.

Dasgo verstand sofort, dass auch sein Drache enttäuscht darüber war, wie die ganze Situation verlaufen war. Dragonit war ein Kämpfer und es verletzte seinen Stolz, wenn er verlor. Dass dieser Kampf nicht sonderlich ausgeglichen war, interessierte dabei nicht.

Dasgo bückte sich und hob den fallengelassenen Wurfstern vom Boden auf. Er entfernte das Blut von den scharfen Zacken, dann steckte er ihn ein. Gut möglich, dass er ihn noch einmal brauchen konnte.

»Wir sollten Brohlan und Lembrix einen Besuch abstatten, Dragonit! Ich habe das Gefühl, es ist nicht gut, wenn sie den Drachen erwecken.«

Dragonit stimmte mit einem erregten Knurren zu, dann stieg Dasgo in den Sattel und gemeinsam flogen sie in Richtung seiner Heimatstadt Kalant.

Unterirdisch

Dasgo wusste, dass der Flug bis nach Kalant lange dauerte. Trotzdem ignorierte er die Müdigkeit und zwang sich immer wieder, seine Augen offen zu halten. Brohlan hatte einen Vorsprung von ein paar Stunden und sie mussten sich beeilen, wenn sie das wieder aufholen wollten. Sie durften nicht zu spät kommen. Entschlossen griff Dasgo nach seinem Bogen.

Er blickte in die Tiefe und erblickte das Kristallmeer, welches an dieser Stelle mit Gewalt an eine Felskette, die den östlichen Rand Aratras` bildete, schlug. Dasgo schätze, dass sie erst gegen Vormittag in Kalant eintreffen würden. Sie folgten gerade dem Dogras, einem kleinen Fluss, der das Fischerdorf Behnelin wie eine Schleife umschloss und weiter im Südosten in das Kristallmeer mündete.

Interessiert blickte Dasgo weiter hinab. Er konnte ganz schwach die kleine Ansammlung von Häusern erkennen, die inmitten eines Tales standen.

Es dauerte nicht lange, da lag der Dogras hinter ihnen und er blitzte ab und zu silbern auf, als sich das bleiche Licht des Mondes, welches schwach durch die milchige Wolkendecke schimmerte, auf der Oberfläche brach.

Sie flogen weiter Richtung Südwesten. Nach ungefähr einer halben Stunde kam eine große Stadt in Sicht. Sie war gut zu erkennen, denn sie war auf einem großen Hügel erbaut, der zur einen Seite flach abfiel, damit die Einwohner den Ab- und Anstieg nicht zu schwer hatten. Diese Stadt trug den Namen Egrad. Dasgo wusste, dass Egrad eine sehr reiche Stadt war. Sie bestand ausschließlich aus Burgen und wurde mit Fackeln und Feuerstellen immer hell erleuchtet. Egrad war ein zentraler Haupttreffpunkt in Aratras, wenn es darum ging, zu verhandeln oder neue Gesetze zu erlassen.

Dasgo glaubte nicht mehr daran, dass sie Brohlan einholten. Doch zumindest hoffte er, dass sie früh genug kamen, um seine Pläne zu verhindern. Mit einer fast schon verzweifelten Erregung forderte Dasgo seinen Drachen dazu auf, etwas schneller zu fliegen. Er wusste, dass Dragonit wahrscheinlich sehr müde war, doch darauf konnte er im Moment keine Rücksicht nehmen. Sie mussten sich beeilen.

Kalant kam früher in Sicht als gedacht. Die Stadt befand sich ganz im Südwesten Aratras, gleich an einem großen Meer, das sich Perlenmeer nannte.

Dasgo befahl Dragonit, zur Landung anzusetzen. Er beschloss, das letzte Stück zur Stadt zu laufen. Er wusste, dass der Stadtteil, in dem sein Meister Lembrix wohnte, recht nahe war. Die Gegend, um Kalant herum war nahezu ausgestorben. Weite Wiesen und Felder waren meilenweit zu sehen. Das letzte Stück, bis zum Stadtrand, legten sie gemeinsam zurück, doch dann verabschiedete sich Dasgo von seinem Drachen. Es war besser, wenn er nicht auffiel. Entschlossen nahm er seinen Beutel mit Pfeilen und schnürte ihn sich auf den Rücken. Auch den Wurfstern nahm er mit sich. Er schob ihn in die Schlaufe seines Gürtels, wo vorher sein Schwert befestigt gewesen war. Mit ein paar beruhigenden Worten gab er Dragonit zu verstehen, hier auf ihn zu warten, dann wandte er sich ab und lief los.

So etwas wie ein Tor, welches die Stadt vor ungebetenen Besuchern schütze, gab es nicht, sodass

Dasgo ungehindert und unbemerkt die Stadt betreten konnte. Auch wenn es eine Stadt war, war sie doch recht klein und der Stadtteil, in dem Lembrix wohnte, war nicht weit entfernt.

Da er den Weg schon oft gegangen war, um zu seinem Meister zu gelangen, fand er das große Gebäude, in dem dieser lebte, fast schon mit verbundenen Augen.

Die Häuser von Kalant waren recht groß, doch je näher er dem Perlenmeer kam, desto kleiner wurden sie. Auf der westlichen Seite, gleich am Meer befanden sich ein paar kleinere und größere Schiffe. Kalant war, so gesehen, eine Hafenstadt.

Dasgo erblickte das Haus von Lembrix bereits aus der Ferne. Automatisch beschleunigte er seine Schritte und fasste seinen Bogen fester. Immer mehr festigte sich das Gefühl in ihm, dass er in ein ziemlich schlechtes Spiel geraten war. Auch wurde das Gefühl, dass Saphirrots Erweckung nichts Gutes heißen konnte, immer drückender. Sicherlich würde dieser Drache nur für Forschungsversuche missbraucht! Das musste er verhindern!

Dasgo schlich die letzten Schritte in geduckter Haltung und spähte vorsichtig durch ein Fenster. Beinahe war er enttäuscht, als er im Hauptraum niemanden erblickte, doch dann bemerkte er, dass ein roter Teppich, der normal vollkommen unauffällig auf dem Boden lag, aufgerollt und eine Falltür darunter hochgeklappt war. Dasgo war bereits oft bei Lembrix gewesen. Natürlich war er das, immerhin hatte er ihm viel über Drachen und seine Reiter erzählt. Sehr viel nützliches Wissen hatte er von diesem Mann erhalten, doch er hatte ihm niemals erzählt, dass sich in seinem Haus eine Falltür in die Tiefe befand.

Dasgos Herz schlug schneller, als er sich ins Innere schlich und zu der Öffnung im Boden trat. Es war nichts zu hören. Beinahe war es übernatürlich still. Doch Dasgo ließ sich nicht beirren. Irgendetwas stimmte hier nicht! Weshalb hatte Lembrix ihm nie etwas von dieser Truhe erzählt?

Dasgo schob diesen Gedanken beiseite und machte sich daran, so geräuschlos wie möglich, in die Tiefe zu steigen. Die Leiter, die ihm dabei behilflich war, ermöglichte ihm dies allerdings nicht vollends, da sie unter seinem Gewicht mehr laut als leise mit einem ächzenden Knarren protestierte. Dieses Geräusch hallte unangenehm von den Wänden wider, doch Dasgo glaubte, dass er es nur durch seine überreizten Nerven lauter wahrnahm, als es eigentlich war.

Es waren nicht viele Sprossen, dann war Dasgo unten angekommen. Ein schmaler, langer Gang mit einer halbrunden Decke baute sich vor ihm auf, der sich weit in der Ferne in drückender Dunkelheit verlor. Für Dasgo gab es keinen Zweifel. Sein Meister musste hier unten sein. Entschlossen lief er los.

Gleich in der Nähe des Aufstiegs bemerkte Dasgo eine schwach brennende Fackel an der Wand, für die er sehr dankbar war. Er nahm sie in seine noch freie Hand, auch wenn das bedeutete, dass er so seinen Bogen nicht nutzen konnte. Trotzdem beruhigte Dasgo der Gedanke, etwas Helligkeit in seiner Nähe zu haben.

Je weiter Dasgo durch den Gang lief, desto schlechter wurde die Luft. Es roch nach Moder, schmutzigem Wasser und noch Weiterem, bei dem er gar nicht so genau wissen wollte, um was es sich genau handelte.

Schließlich machte der Gang einen Knick und Dasgo fragte sich, ob er sich vielleicht schon unter dem Perlenmeer befand.

Er hatte diese Frage nicht einmal komplett zu Ende gedacht, als er von vorne zwei schwache, verzerrte Stimmen vernahm. Vorsichtshalber löschte er die Fackel an der Steinwand und ließ sie zurück. Er wollte durch den Lichtschein nicht auffallen.

Dasgo lief langsam und mit angehaltenem Atem weiter, damit er sie besser versehen konnte.

»Endlich bin ich am Ziel«, hörte er die erste Stimme sagen. Sie gehörte eindeutig Meister Lembrix. »Mit diesem Inhalt habe ich alleine die Kontrolle über Saphirrot.«

Die zweite Person räusperte sich künstlich, ehe sie sagte: »Wir Meister. Ihr vergesst offenbar, wer Euch diese Truhe gebracht hat.«

Dasgo schob sich, dicht an die Wand gedrängt, weiter. Er musste sehen, was geschah.

»Du hättest Dasgo töten müssen«, bellte Lembrix Brohlan an.

Brohlan lachte leise. »Der wird keine Gefahr für uns sein. Woher soll er denn wissen, wohin ich mit der Truhe bin?«

Lembrix fluchte mit einer zischenden Stimme. »Halte ihn nicht für einen Narren«, forderte er ihn auf. »Dasgo ist vielleicht noch jung, aber nicht dumm. Immer wieder hat er mich mit Fragen über Tropas gelöchert. Er vergöttert ihn. Ich habe so getan, als wüsste ich nicht viel über ihn und habe ihn nach Minath geschickt, damit die dortigen Drachenreiter sich um ihn kümmern. Von dort ist er entkommen. Es würde mich nicht wundern, wenn er auch hier auftaucht.«

»Dann sollten wir uns besser beeilen«, stimmte Brohlan zu. Dann entfernten sich die Schritte.

Bevorstehende Katastrophe

Den beiden Männern zu folgen, entpuppte sich als eine wahre Zerreißprobe. Er musste höllisch aufpassen, nicht gesehen oder gehört zu werden. Brohlan und Lembrix liefen dutzende Gänge entlang und Dasgo war sich sicher, dass er sich schon lange nicht mehr in Kalant aufhielt.

Plötzlich hörte er, nachdem die beiden Männer um eine Ecke gebogen waren, etwas poltern, und Dasgo beeilte sich, zu ihnen aufzuschließen. Als er um genau dieselbe Ecke bog, nahm ihn ein großer, runder Raum auf, in dem, soweit Dasgo erkennen konnte, nur zwei Särge standen. Ein Kleiner und ein sehr viel Größerer. Davor, mit dem Rücken zu ihm, standen Lembrix und Brohlan. Schnell huschte er an die Wand, von wo aus er nicht gleich gesehen werden konnte und beobachtete weiter, was geschah. Von oben flutete gleißendes Licht den Raum, was bewies, dass die Decke offen sein musste.

Lembrix, der die Truhe in der Hand hielt, stellte sie auf dem Boden und musterte das Schloss.

»Wissen Sie, wie man sie öffnet?«, fragte Brohlan und seine Stimme hallte verzerrt von den weiten Wänden wider.

Er kassierte nur einen giftigen Blick, dann machte sich Meister Lembrix daran, den kleineren der beiden Särge zu öffnen. Sofort stieß Brohlan einen ersticken Schrei aus. »Das ist doch …«.

»Kannst du mal den Mund halten?«, fuhr ihn Lembrix an. »Ich weiß selber, wer das ist und wir werden ihn wieder erwecken. Mit dem, was sich in der Truhe befindet.«

Der Deckel des Sarges schepperte zu Boden, was einen ziemlichen Lärm verursachte, dann entfernte Lembrix einen kleinen Gegenstand aus dem Sarg. Sofort erkannte Dasgo, dass es sich wohl um einen Schlüssel handeln musste. Das Schloss öffnete sich mit einem leisen Klicken und Dasgo riss verwundert die Augen auf, als er sah, dass sich der Deckel ganz von alleine öffnete und ein dunkelrotes Schimmern aus dem Innern kam.

»Da ist es«, sagte Lembrix erregt und holte zwei kleine Fläschchen mit einer roten Flüssigkeit aus dem Innern heraus.

Dasgo begriff, dass das wohl Blut sein musste. Die Bestätigung folgte, als Brohlan fragte: »Ist das Blut in dem Fläschchen?«

Ohne das Lembrix auf die Frage einging, forderte er seinen Gehilfen dazu auf, eine Spritze zu holen. Brohlan entfernte sich aus Dasgos Blickfeld und kam wenig später mit einer Spritze zu seinem Meister zurück. Dieser füllte die Flüssigkeit in die Spritze und ging damit zu dem offenstehenden Sarg.

Dasgo sog scharf die Luft zwischen den Zähnen eine. Wollte er der Person in dem Sarg wirklich das Blut spritzen? Was ging hier vor?

Er konnte sich schon denken, wer oder was sich in den Särgen befand. In dem kleineren war wahrscheinlich Tropas, der Mann der als Meisterdrachenreiter galt und in dem großen befand sich offenbar sein Drache Saphirrot.

»Tropas, wenn du wieder lebst, wirst du ein anderer sein und mir dienen. Du wirst so perfekt bleiben, wie du es vor einhundertsiebenundzwanzig

Jahren warst, doch Gefühle wie Reue oder Mitleid werden dir fremd sein. Zusammen mit deinem alten Gefährten werden wir Aratras wieder zu dem Kontinent machen, der er einst war: die Heimat tausender, wütender Drachen. Sie werden eine Armee bilden, die die Welt noch nicht gesehen hat und dann werden uns die Landschaften der ganzen Welt gehören und jeder wird mir dienen.«

Dasgo legte einen Pfeil an, trat hinter der Wand hervor und schoss.

Leider traf er nur Brohlan. Der Pfeil bohrte sich in seinen Rücken, sodass er mit einem erstickten Keuchen einfach in die Knie brach. Lembrix fuhr alarmiert herum. Seine Augen verengten sich zu schmalen Schlitzen, als er Dasgo erkannte.

»Du«, bellte er und kam auf ihn zu.

»Was haben Sie mit Tropas vor?«, fragte Dasgo und holte bereits einen weiteren Pfeil aus seinem Beutel, den er anlegen wollte.

»Ich werde ihn für meine Zwecke nutzen«, sagte er geradeheraus und mit knirschenden Zähnen. »Tropas ist der größte Drachenreiter, der je auf

Aratras gelebt hat. Er ist der einzige Reiter, der jemals ein Drachenfeuer überlebt hat.«

Dasgos Gesicht verzog sich zu einem Grinsen. »Sind Sie sich da so sicher, Meister Lembrix?«

Lembrix Augen weiteten sich vor Überraschung und Misstrauen. »Was soll das heißen?«, fragte er gereizt.

Wieder lachte Dasgo humorlos. »Auch ich habe ein Drachenfeuer überlebt. Es war in Minath. Der Ort, an dem Sie mich umbringen lassen wollten.«

Mit diesen Worten schoss Dasgo den zweiten Pfeil direkt auf Lembrix. Der Lehrmeister hechtete auf seinen Schüler zu, doch Dasgo war schneller. Der Pfeil bohrte sich in die rechte Schulter und nagelte ihn an der Wand fest.

Lembrix versuchte sich zu befreien, doch der Pfeil hielt in fest.

Dasgo beachtete ihn nicht weiter, sondern ging auf den Sarg zu. Sein Herz schlug schneller als er hineinsah. Im Innern befand sich tatsächlich ein Mann mittleren Alters mit dunkelbraunen, langen Haaren. Seine Hände waren über seinem muskulösen Bauch gefaltet und an seinem linken Ringfinger trug er einen

Ring mit einem silbernen Drachenkopf. Auf dem Schädel prangte eine Kunstvolles S.

Diese Person war also Tropas. Dasgo fragte sie, wie sein Körper so makellos aussehen konnte, wenn er doch schon seit über hundertzwanzig Jahren tot war.

Plötzlich spürte er einen Schlag im Rücken und Dasgo kippte erschrocken zur Seite. Wie in einem bösen Traum musste er beobachten, wie Brohlan die Spritze ergriff und sie Tropas mitten ins Herz stieß.

»Nein!«, schrie Dasgo aus und sein Ruf war so laut, dass er glaubte, der unterirdische Gang würde zusammenbrechen.

Dasgo rappelte sich hoch. Und als er in das Gesicht des toten Tropas blickte, stockte ihm der Atem. Seine Augenlider begannen zu zucken, ebenfalls seine Mundwinkel.

Dasgo hatte seinen Bogen fallen gelassen, doch den brauchte er auch nicht. Er schlug Brohlan mit der Faust ins Gesicht, sodass dieser endlich von der Spritze abließ und hilflos zur Seite und zu Boden taumelte. Ein gequältes Stöhnen entrann sich seiner Kehle.

Meister Lembrix hatte sich inzwischen von dem Pfeil befreit. Sein Gesicht war vor Wut verzerrt, als er auf Dasgo zustolperte. Blut lief aus der Wunde an der Schulter, doch das schien er gar nicht zu bemerken.

»Was hat er mit Tropas getan?«, schrie Dasgo wütend.

Ohne zu antworten, schubste Lembrix Dasgo zur Seite und nahm die noch halb gefüllte Spritze an sich. Sein Blick wanderte zu dem zweiten, größeren Sarg.

»Darin ist Saphirrot, habe ich Recht?«, sagte Dasgo aufgebracht, packte Lembrix am Arm und zerrte ihn zu sich herum. Der Meister schrie vor Schmerz auf, als sich sein verletzter Arm nach hinter verdrehte, doch Dasgo kannte kein Mitleid.

»Reden Sie!«, forderte er ihn auf.

Wieder ging der alte Mann nicht auf Dasgos Worte ein, sondern sagte nur: »Mit Tropas` Hilfe werde ich alles erlangen, was ich möchte.«

Dasgo lachte bitter, dann schlug er dem Mann ins Gesicht, sodass sein Kopf in den Nacken geschleudert wurde und seine Lippe aufplatzte.

»Was sind Sie für ein armer Mensch?«, fragte Dasgo abfällig, und in diesem Moment kannte Dasgo endgültig nur noch Verachtung für seinen alten Lehrmeister, von dem er so viel gelernt hatte. Wie hatte er nur so blind sein können?

»Sie missbrauchen einen toten Menschen, um etwas zu erreichen, was man überhaupt nicht erreichen kann. Ich habe Sie wirklich für Schlauer gehalten.

Lembrix lachte nur wie ein hysterischer, verrückter Mann und sagte anschließend: »Es ist so weit.«

Bevor Dasgo überhaupt begriff, was gemeint war, sah er, wie sich der Körper des toten Mannes aus dem Sarg erhob und ihn mit einem ausdruckslosen Gesicht musterte.

»Tropas ist erwacht«, sagte Lembrix triumphierend.

Dasgo konnte nicht anders als seinen ehemaligen Lehrmeister loszulassen. Er war wie vor den Kopf gestoßen. Das durfte nicht wahr sein, denn er erkannte sofort, dass der Mensch, der da aufrecht im Sarg saß, nicht Tropas sein konnte. Er hatte Tropas niemals kennengelernt, dafür war er einfach zu jung, dennoch, dies passte einfach nicht zu dem Bild, das er sich über sein Vorbild die Jahre über gemacht hatte.

Was nun geschah, hätte Dasgo wahrscheinlich verhindern können, wenn er nicht völlig weggetreten gewesen wäre.

Plötzlich tauchte Brohlan auf, riss Lembrix die Spritze aus der Hand und rannte zu dem zweiten Sarg hinüber.

Tropas sprang aus dem Sarg und zerrte Brohlan einfach zurück. Ihre Gesichter waren sich ganz nah, als er mit ihm sprach. »Rühre meinen Drachen einmal an und ich mache dir das Leben zu Hölle!«

Brohlan ließ die Spritze fallen und zitterte am ganzen Körper. Anschließend zuckte der Kopf Tropas vor und donnerte mit solcher Wucht gegen den Schädel Brohlans, dass dieser einfach zusammenbrach.

Tropas ließ ihn los und richtete seine Aufmerksamkeit auf den Sarg, in dem sich wahrscheinlich sein Drache befand. Er schob den Deckel des Sarges herunter, dann berührte er mit seinen Händen ganz leicht die ledrige Haut seines Drachen.

Dasgo war erstaunt. Der Drache war zwar alt, aber wesentlich kleiner als er immer zu hören bekommen hatte. Er hatte eine Farbe von einem beeindruckenden Blau. Die Flügel waren eng an seinen Körper angelegt und die Augen waren geschlossen.

»Wir bekommen eine zweite Chance, mein Freund!«, flüsterte Tropas und seine Hände strichen geschmeidig über die Augen des Drachen.

»Tropas«, sagte Lembrix, und Dasgo konnte einen Anflug von Wut heraushören. Offenbar gefiel es ihm nicht, dass sein neues Objekt ihm keine Aufmerksamkeit schenkte.

Doch dann drehte sich Tropas doch zu dem Lehrmeister herum. Sein Gesicht hatte allerdings keinen freudigen Ausdruck.

»Ihr benötigt das Blut, um Euren Drachen wiederzuerwecken.«

Plötzlich lachte Tropas.

»Ihr seid ein unwissender, alter Mann«, lachte er weiter. »Der Grund, weshalb ich lebe, hat nicht direkt mit der albernen Spritze zu tun, die in Eurer Hand zittert.«

Ungläubig sah Lembrix auf die Spritze und dann wieder zu Tropas.

Tropas schritt auf den Lehrmeister zu. »Was war der Grund für die Erweckung?«, fragte er dann geradeheraus und Lembrix brauchte offenbar einen Moment, um überhaupt zu verstehen. Doch dann antwortete er stolz: »Mit Eurer Hilfe werde ich ganz Aratras einnehmen und die Landflächen auf den Weiten des Perlen- und Kristallmeeres ebenfalls.«

Für geschlagene Sekunden herrschte Stille. Dann lachte Tropas herzhaft.

»Ihr habt keine Ahnung, weshalb ich wirklich wieder lebe. Der Grund ist ein ganz anderer«, sagte er nur.

Lembrix` verwirrter Ausdruck auf dem Gesicht nahm noch einmal zu, dann wandte Tropas sich ab und lief in dem unterirdischen Raum auf und ab.

»Ich lebe wieder und das ist auch gut so«, begann er, ohne sowohl Dasgo als auch Meister Lembrix anzusehen.

»Als ich damals starb«, erzählte er weiter, »war es vollkommen klar, dass ich eines Tages zurückkehren würde. Habt Ihr Euch nie gefragt, weshalb mein Körper nicht verfallen ist? Weshalb meine Haut nicht verfault ist?« Tropas wartete keine Antwort ab, sondern erzählte weiter. »Ich sollte wiedererweckt werden. Doch das stand schon vor über hundert Jahren fest. Ich weiß alles, was in den letzten Jahren geschehen ist. Drachen werden heute anders behandelt als früher. Ihnen wird nicht mehr der nötige Respekt entgegengebracht, der ihnen gebührt. Nur noch wenige wissen es zu schätzen, was es heißt, ein richtiger Drachenreiter zu sein.« Bei diesen Worten sah er Dasgo einen kurzen Moment an und Dasgo war stolz auf sich.

»Dieses Blut hat mich wiederbelebt, das stimmt, doch es sollte so sein. Mein Lehrmeister hat es mir damals erklärt. Aratras wird eine Katastrophe widerfahren, die ich abwenden soll. Doch diese Katastrophe sollte erst viel später kommen. Weit nach meinem Tod. Er hat dieses Blut entwickelt und es in diese Truhe gelegt.«

»Soll das heißen, dass diese Truhe bereits so alt ist?«, fragte Dasgo ungläubig und Tropas antwortete mit einem kurzen Nicken.

»Was soll das für eine Katastrophe sein?«, fragte Lembrix ungeduldig.

Wieder lachte Tropas bitter. »Bestimmt nicht das, was Sie für eine halten, Lembrix!«, gab er abfällig zurück.

»Woher kennen Sie meinen Namen?«, fragte der Lehrmeister verdattert.

Tropas deutete mit dem Finger auf Lembrix. »Sie sind der Schlüssel. Sie sind die Person, die vor über hundert Jahren ausgewählt wurde, mich wieder ins Leben zurückzuholen. Alles war genau geplant, und das schon seit Ewigkeiten.«

Nun lachte Lembrix. »Das ist doch unmöglich«, sagte er nur, doch seine Stimme klang etwas unsicher. »Ich bin bereits alt, Tropas, aber nicht so alt. Das ist närrisch, was Sie erzählen!«

Tropas schüttelte langsam den Kopf. »Nein, ist es nicht.« Diese Worte sprach er genauso langsam aus. »Mein damaliger Lehrmeister hieß auch Lembrix. Er war ein Genie, hatte unglaublich gute Erfahrungen.«

»Soll das etwa heißen, dass Ihr Meister Lembrix diesen Lembrix erschaffen hat?«, fragte Dasgo ungläubig.

Tropas sah Dasgo einen Moment stumm an und dann nickte er. »Genau das.«

Nun lachte Lembrix erneut und Tropas schritt auf ihn zu. »Er hat das Wissen in Ihr Unterbewusstsein verankert, das nötig war, mich zur richtigen Zeit wiederzubeleben. Sie waren damals ein Säugling, als Lembrix mit Ihnen experimentierte. Er hat an Ihnen ein neu entwickeltes Mittel angewendet, das dafür gesorgt hat, dass Sie deutlich länger leben. Ihr Alterungsprozess sollte so lange hinausgezögert werden, damit Sie in der Lage sind, mir dieses Mittel zu spritzen. Letztendlich hätte das jeder andere tun können, doch Lembrix war damals sehr alt. Er brauchte einen Menschen, der noch sehr jung war, damit sein Plan aufging.«

»Das ist doch Wahnsinn«, keuchte Lembrix. »Dann hatte ich niemals ein eigenes Leben. Alles wurde gelenkt.«

Tropas schüttelte entschieden den Kopf. »Das ist nicht richtig«, behauptete er. »Sie hatten ein eigenes Leben. Alles was Sie sich aufgebaut und erreicht haben, haben Sie ganz alleine geschafft. Nur das

Wissen, das nötig war, um mich ins Leben zurückzuholen, hat er ihnen eingepflanzt.«

»Ich glaube kein Wort!«, stöhnte er. »Alles ist kaputt. Alles, wofür ich so lange gearbeitet habe.«

Plötzlich wirbelte er herum, packte sich die Truhe und rannte davon.

Dasgo langte nach seinem Bogen, der am Boden lag, und spannte einen Pfeil.

»Wir brauchen das zweite Fläschchen«, sagte Tropas und rannte Lembrix bereits hinterher. Dasgo konnte in diesem Moment nicht schießen, da Gefahr bestand, Tropas zu treffen, also rannte er ihnen hinterher. Lembrix hatte keine Chance!

Bei der nächsten Abbiegung hatte Tropas den Lehrmeister bereits eingeholt und fasste ihn von hinten und zerrte ihn herum.

»Sie geben mir jetzt sofort die Truhe!«, sagte Tropas drohend und in den Augen von Lembrix las Dasgo eindeutig Furcht.

»Sie werden mit ihrem Plan unmöglich durchkommen!«, fuhr Tropas weiter fort. »Anders, als Sie gedacht haben, verfüge ich über einen eigenen

Willen und lasse mich nicht für Ihre Zwecke missbrauchen.«

»Sie bekommen diese Truhe nicht«, sagte Lembrix trotzig, ohne auf Tropas` Worte einzugehen.

»Ohne ihn kommt Saphirrot nicht zurück, habe ich Recht?«, fragte Dasgo vorsichtig, doch Tropas zischte ihm entgegen: »Sei still!«

Lembrix lachte plötzlich triumphierend. »Ja, da hat er Recht. Wenn ich dieses Fläschchen zerstöre, ist Saphirrot für immer verloren. Und was macht ein Drachenreiter schon ohne Drache?«

»Jetzt reicht es mir endgültig«, sagte Tropas gereizt und gab Lembrix einen Stoß, der ihn haltlos nach hinten fallen ließ. Geschickt fing Tropas die Truhe auf und funkelte Lembrix wütend an. »Sie haben keine Ahnung, welche Gefahr auf Aratras wirklich zukommt. Ihre alberne Machtergreifung muss etwas warten, vermute ich.«

»Was ist das für eine Gefahr?«, wollte Dasgo wissen, der abwechselnd Tropas und den Lehrmeister musterte.

Lembrix versuchte bereits wieder aufzustehen, und während er dies tat, langte er schon wieder nach der Truhe. Tropas verpasste ihn einen Tritt, sodass er mit einem Stöhnen zusammenbrach und bewusstlos liegenblieb.

Anschließend lief er in die Halle zurück, trat an Saphirrots Grab und öffnete die kleine Truhe.

»Was ist das für eine Gefahr?«, fragte Dasgo erneut; diesmal ungeduldiger, fordernder.

Tropas sah ihn einen Moment stumm an, dann antwortete er: »Minath. Die Stadt wird bald ins Meer stürzen und den halben Kontinent überfluten!«

Saphirrot erwacht

Dasgo hätten diese Worte nicht mehr treffen können. Es war für ihn vollkommen unmöglich, einen Sinn hinter ihnen zu begreifen, doch Gedanken konnte er sich gerade keine machen, denn Tropas setzte gerade die Spritze mit dem neu hinein gefüllten Blut an.

»Wird dieses Blut dafür sorgen, dass Saphirrot erwacht?« Diese Frage war ziemlich unnötig, doch Dasgo platzte beinahe vor Aufregung, da er nur neben dem Drachenreiter stand und rein gar nichts tun konnte.

Tropas begann damit, das Blut in den Hals des Drachen zu spritzen. »Es ist mein eigenes Blut«, erklärte er. »Und mir wurde das Blut meines Drachen gespritzt.«

»Wie lange hält dieses Blut?«

Tropas sah ihn stumm an. »Das weiß ich nicht,« gestand er. Dann machte er sich daran, seine Arbeit fortzuführen.

Plötzlich, nachdem Tropas den gesamten Inhalt gespritzt hatte, konnte Dasgo erkennen, dass sich, genau wie bei Tropas, Saphirrots Augenlider leicht hoben und zu zucken begannen.

»Es funktioniert«, sagte Tropas erleichtert.

»Hast du dir schon mal Gedanken gemacht, wie wir hier raus kommen?«, fragte Dasgo und seine Stimme klang stark nach Vorwurf, was er allerdings nicht beabsichtigt hatte.

Mit einem aufregenden Glitzern in den Augen sah Tropas nach oben. Die Halle hatte tatsächlich keine Decke, sodass sie auf dem strahlend blauen Himmel sehen konnten.

»Wir fliegen«, sagte Tropas und sah Dasgo dabei erwartungsvoll an.

Dasgo glaubte, sich verhört zu haben. »Das ist nicht dein ernst! Da passt dein Drache niemals durch!«

Tropas nickte einfach nur. »Überleg doch mal. Irgendwie müssen ich und mein Drache ja hierhergekommen sein, oder? Ich denke, das war genau durch diese Öffnung.«

Dasgo kam nicht dazu etwas zu antworten, denn in diesem Moment ertönte ein lautes Fauchen, das sich wie ein Donnern, während eines schweren Gewitters anhörte. Kurz darauf hob der Saphirdrache seinen Kopf, und als er seine Augen öffnete, gefror Dasgo beinahe das Blut in den Adern. Die Augen des Drachen hatten eine feuerrote Farbe und er glaubte fast, Flammen würden im Inneren lodern. Jetzt endlich verstand Dasgo den Namen des Drachen sehr gut.

»Wir sind wieder zusammen«, sagte Tropas, und in seiner Stimme schwang eine tiefe Zufriedenheit mit. »Bist du bereit für unsere größte Aufgabe, mein Freund?«

Wieder knurrte Saphirrot und richtete sich vollends aus dem Sarg auf. Der Drache war doch größer, als Dasgo anfangs angenommen hatte. Sofort öffnete er seine Flügel und streckte sich.

»Du hast auch einen Drachen, habe ich Recht?«, fragte Tropas an Dasgo gewandt.

Dasgo konnte nur sprachlos nicken. »Gut! Steig auf meinen Drachen! Wir verschwinden von hier!«

Als sich Dasgo erst nicht rührte, weil er einfach von den Ereignissen wie gelähmt war, machte Tropas eine ungeduldige Geste, sodass Dasgo mit klopfendem Herzen und zittrigen Beinen näher an Saphirrot trat. Er konnte einfach nicht glauben, was für eine Wendung sein Leben in den letzten Momenten genommen hatte.

Tropas half Dasgo auf dem Rücken des Drachen, dann schwang er sich selber mit einer Leichtfertigkeit hinauf, als habe er sein gesamtes Leben nichts anderes getan.

Tropas pfiff zweimal kurz, dann erhob sich Saphirrot mit einem zufriedenen Gebrüll in Richtung Himmel.

»Was machen wir mit Lembrix?«, fragte Dasgo besorgt. Er war zwar bewusstlos, dennoch befürchtete er, dass er ihnen gefährlich werden könnte.

»Der wird uns keine Schwierigkeiten mehr machen«, behauptete Tropas, während er zufrieden zur Seite sah und beobachtete, dass Saphirrot problemlos durch die Höhlenöffnung hindurch passte.

Tropas lachte. »Und? Was habe ich dir gesagt?«

Wenig später befanden sie sich am Himmel und Dasgo erkannte, dass die Höhle sich auf einer winzigen Insel befand, die etwas entfernt von Kalant war.

Gerade als Dasgo seinem Begleiter von seinem eigenen Drachen berichten wollte, stieß Tropas pfeifend eine Melodie aus.

»Jetzt fliegst du alleine«, sagte Tropas mit einem spöttischen Lächeln auf dem Gesicht, während er einfach in die Ferne sah.

Als Dasgo ebenfalls in die Ferne blickte, erkannte er Dragonit, der auf sie zuflog. Saphirrot stieß einen verteidigenden Ton aus und Tropas musste ihn mit ruhigen Worten besänftigen, sodass sein Drache augenblicklich Ruhe gab.

Dasgo fiel auf, dass Tropas sich sehr gut mit Drachen auskennen musste. Er hoffte, dass er ihn eine Weile begleiten durfte, damit er viel von ihm lernen konnte.

Als Dragonit nahe genug heran war, sagte Tropas feierlich: »Los, steig um!«

»Und wo fliegen wir hin?«

Tropas sah Dasgo für geschlagene drei Sekunden an und er glaubte schon, Tropas würde ihn fortschicken, doch dann entgegnete er: »Wir fliegen nach Hause. Na los, wir haben eine Menge zu erledigen.«

Über den Autor

Sven Rübhagen, geboren am 07.06.1991 in Duisburg (Nordrhein-Westfalen) schreibt schon seit seiner Kindheit gerne Fantasy-Geschichten. Seit einigen Jahren lebt der gelernte Bürokaufmann in Bayern in der wunderschönen Altstadt Regensburg.

Zurzeit ist er in der Regierung der Oberpfalz als Registrator beschäftigt.

Mit 17 Jahren verfasste er seinen ersten Roman „Darry und der Tote Wald"

Seitdem veröffentlicht er in regelmäßigen Abständen spannende Bücher und Kurzgeschichten und vermarktet diese über das Internet.